「武器職人がなんで包丁なんか造ってくれたんだ？」
「生キャラメルあげたら造ってくれた」
聖女じゃなかったので、王宮でのんびりご飯を作ることにしました
seijo ja nakattanode, oukyu de nonbiri gohan wo tsukurukotonishimashita
8

副料理長・マテウス
料理人・リリアン
「粉を入れるなら先に言ってよぉ～」
野原莉奈《のはらりな》

「なんだ、この匂いは」
執事長・イベール
フェリクス王
エギエディルス皇子

「うわぁあ〜。空がカラフルだ」
空は一面竜で埋め尽くされ、多様な色が青空に広がった。
ものスゴく雄大で優雅な景色である。
異世界ならではの景色を、莉奈は堪能していた。

聖女じゃなかったので、王宮でのんびりご飯を作ることにしました

seijo ja nakattanode, oukyu de nonbiri gohan wo tsukurukotonishimashita

8

神山りお

ill. たらんぼマン

口絵・本文イラスト
たらんぼマン

装丁
木村デザイン・ラボ

第1章　美鱗　005
第2章　ククベリーワインと苺《いちご》ワイン　031
第3章　ほっこり、王兄弟　083
第4章　月夜の晩　125
第5章　それぞれの思い　140
第6章　王竜のくれた〝贈り物〟　202
第7章　いない所でディスられる　253
書き下ろし番外編1　王弟シュゼルは独りごちる　260
書き下ろし番外編2　能天気にも程がある　262
あとがき　267

第1章　美鱗

王竜の背に乗った夜の散歩は、想像以上に楽しくて、夢のようなひと時だった。

自室に戻ってからも、莉奈《りな》はふわふわとした夢心地のまま眠りについたのであった。


——翌朝。

昨日《きのう》の今日でご機嫌な莉奈は、朝早くから竜の宿舎にいた。

夜の散歩に付き合ってくれた王竜達に、感謝を込めて食事を作って来たのだ。

果物や野菜を色んな形に細工して、カラフルな花を添えた特別な食事である。

「あれ？　いない」

改めてお礼も言いたかったのに、宿舎に行ったら碧空《へきくう》の君も真珠姫もいなかった。

まさに、もぬけの殻である。

「竜喰《ぐ》らいよ。朝早くにどうした？」

「竜喰ら……碧《へき》ちゃん達は？」

莉奈という名前があるのに、なんでいつも竜喰らいとか呼ぶかな？

王竜が顔を覗《のぞ》かせたので、昨夜のお礼と文句を言いながら、二頭がどこに行ったのか訊《き》いた。

「朝風呂《あさぶろ》だ」

さも当然の様に言う王竜。

朝風呂は当然ではないと思う。

莉奈は自分もやらない朝風呂をする竜達のことを聞いて、返す言葉が見つからなかった。

代わりに用意してきたものを差し出す。

「器用だな」

王竜に昨夜のお礼だと、様々な細工をした果物や野菜を出したら、驚愕《きょうがく》していた。

こんな華やかな果物や野菜は見た事がないと。

「見た目が変わると、なんとなく味も変わる気がしませんか？」

「少しずつ食えばな」

王竜はそう言って、面倒くさそうにチビチビと食べていた。

一応、味わってくれている様だ。

「いつ見ても、綺麗《きれい》な鱗ですよね」

傍で王竜の食べる姿を見ていた莉奈は、王竜の鱗の艶《つや》を見て素直な感想を漏らした。

「温泉に入っているせいか、黒々艶々してる」

「褒めても何も出ないぞ？」

目だけ動かし、莉奈をチラッと見た王竜。

莉奈が力ずくで鱗を剥《は》がすとは思わないが、そんなに褒めてどうするのかと思ったのだ。

「何もいりませんよ」

莉奈は笑った。

王竜には、この間鱗を貰《もら》ったのだ。過剰に貰ったりはしないし、イヤがる事もするつもりはない。

「触っていいですか？」

「好きにしろ」

何が楽しいのか分からないが、触りたいと言う莉奈に王竜は好きにさせる事にした。

「王の鱗は一見真っ黒に見えて、紫とか蒼色とか複雑な色をしていてキラキラして綺麗ですよね」

真珠姫の鱗もそうだが、一色に見えて光に当たると複雑な色を見せるのだ。

それが、堪《たま》らなく美しい。

「考えた事もない。そんなにも我は綺麗か？」

「綺麗ですよ。宝石みたいにキラキラしてる」

鉱物と比べるのは、失礼なのかもしれないけど。

見る角度を変えると、本当に色々な色を見せてくれる。

「そうか、そうか」

莉奈が素直に褒めれば、王竜は満足そうに頷《うなず》いた。

内心そうは思っていても、やはり畏怖《いふ》の方が強いのか、あまり目の前で褒める人間はいないそうだ。

「あ、そうだ」

莉奈は、ふと何かを思い付き、魔法鞄《マジックバッグ》からゴソゴソとあるモノを取り出した。

美肌にはなるけれど、美鱗になるのだろうか？

王竜の左太腿《ふともも》の鱗の大きさは手の平くらいだけど、半分程度試しに先日作った〝美容液〟を薄く伸ばして塗ってみることにした。

竜には効かないと思うけど、少し汚れた鱗が綺麗にはなりそうだと、軽い気持ちでチョイチョイと。


——ポゥ。


「え？」

王竜の鱗が一瞬、淡く光った。

「え？」

莉奈は思わず二度見した。

美容液を塗った鱗だけが、ワックスでも塗って磨いたみたいに、やけに光り輝いている気がする。

……うん。

これは、ヤバーーイ‼


周りの鱗よりも、塗った一枚だけ遥《はる》かに色艶《いろつや》が良くなってしまった。

極端に言えば、ガラス玉の中に、ダイヤモンドが交じってしまった感じだ。

擬音を付けるなら、ピカーーッと光り輝いている。


「どうした？」

莉奈が硬直したまま、動く気配がしないので、王竜が声を掛けてきた。

まさか、自分に美容液を塗られたなんて思いもよらないのだろう。

「え？　あ、いや？」

莉奈は慌てて美容液を魔法鞄《マジックバッグ》にしまった。

【鑑定】では、肌艶について表記されていたが、まさか鱗にまで効くとは思わなかった。

【鑑定】は絶対ではない。日々進化すると、シュゼル皇子が言っていた。まさに、こういう事なのだろう。

アレ？

真珠姫とか碧空の君にバレたら、イカンのではないかな？

莉奈は効果を目の当たりにし、背中に変な汗が流れ始めていた。

「あ、その、カ、カレー？　カレーを作る約束をしていたなぁ～と」

「カレー？」

「あ、え、すみません。わ、わたくしめ、朝食なんぞの準備があります故、これで失礼致します‼」

しどろもどろになった莉奈。

害はないから問題はないけど、そういう問題ではない気がする。

人間より、砂埃《すなぼこり》を被る可能性大な王竜だ。放っておけば二、三日で元に戻るに違いない……というか、そうなるように切に願う。

この場から早急に立ち去りたい莉奈は、逃げる様に王竜の宿舎から出て行った。

「可笑しな娘よ」

自分の鱗が一枚、異様に黒々艶々になっている事など知らない王竜は、バタバタと去る莉奈を見て苦笑し、再び朝食をモシャモシャと食べるのであった。

◇◇◇

——やばいヤバイやばい‼

莉奈は逃げる様に爆走しながら、焦っていた。

どうか誰《だれ》にも見つかりませんように‼

王竜が朝食の後、散歩でも行ってすぐに鱗を汚しますように‼

莉奈は、転移の間に転がり込んでいた。

とにかく、王竜から離れたいと――。


「うぇぇ～～っ」

そうだった。

考え事をしながら瞬間移動《テレポート》を使うと、たまに酔うのであった。

莉奈は頭をクラクラさせ【銀海宮《ぎんかいきゅう》】の転移の間から、匍匐《ほふく》前進の様にズリズリと這《は》い出ていた。

「お前は何をやってやがる」

這い出てすぐに、頭上から失笑が落ちて来た。

この声は絶対にフェリクス王に違いない。

チラッと見上げてみれば、莉奈の奇妙な姿に堪えられなかったのか笑っていた。

執務室に向かおうと廊下を歩いていたら、何故か転移の間から莉奈が這い出て来たのだ。唖然《あぜん》というより可笑しい。

「大丈夫かよ？」

莉奈が一向に立ち上がる素振りを見せなかったので、フェリクス王が猫のように莉奈の襟首をヒョイと摘んで持ち上げた。そして、クルリと反転させると自分に顔を向けさせる。

「昨夜ハ、アリガトウゴザイマシタ」

扱いが相変わらず雑なんだよなと思いながら、目を回している莉奈は、昨夜の散歩のお礼を口にした。

眼前にフェリクス王の顔があるが、気持ちが悪くてそれどころではなかった。

「礼を言う姿勢は褒めてやるが、どういう状況で言ってやがる」

フェリクス王は呆《あき》れ苦笑いを漏らしながら、グッタリしている莉奈を、今度は右腕に抱え直した。

「捨てて置けば宜しいのでは？」

音もなく現れた執事長イベールが、フェリクス王が右腕に抱える莉奈をチラリと見た。

怪我《けが》や病気ではないのだ。誰かに任せるか、その場に捨てて置いておけば、その内に回復する。

国王自ら、介抱してやる必要などないのだと、不服を申し立てていた。

「イベール。リナはゴミではないのですよ？」

「ゴミと言い切れないのが忌々しい」

ほのほのと現れたシュゼル皇子がそう言えば、執事長イベールは舌打ちでもしそうな表情で呟《つぶや》いた。

不敬な莉奈だが、ある程度は認めている様だ。

「シュゼル殿下モ、アリガトウゴザイマシタ」

気持ちが悪いので目は開けたくないが、声が聞こえたので莉奈は気合でお礼を口にした。

「楽しかったですか？」

「ハイ」

「あ、カクテル、甘くて美味《おい》しかったですよ」

シュゼル皇子は甘いカクテルのお礼を言いつつ、莉奈の頭を優しく撫《な》でた。

「ん？　少し魔力酔いを起こしていますね」

莉奈の額にシュゼル皇子が魔力を注げば、莉奈の目眩《めまい》は驚く程スッと消えてなくなった。

魔力のない者や魔法を使う事が苦手な人は、転移の間で瞬間移動《テレポート》をしても、その時に受ける強力な魔力により、魔力酔いを起こす事もあるとか。

ちなみに、乗り物酔いをする人は、瞬間移動《テレポート》独特のあの空間の歪《ゆが》みに耐えられず、9割方酔うらしい。

「え？」

「治りましたか？」

「え、はい。ありがとう……ございます」

グワングワンと揺れて見えたシュゼル皇子の美貌《びぼう》が、至近距離にあった。

回復魔法ではなさそうだが、自分の魔力を注いで気の乱れを治してくれた様だ。

お礼を言いつつチラッと見れば、いつもは高い位置にあるシュゼル皇子の美貌が同じ高さにあり、莉奈はなんだかドキドキした。

「……っ⁉」

堪《たま》らずシュゼル皇子から目を逸らしたら、今度はものスゴい近距離のフェリクス王と目がパチリと合った。

そうだった。フェリクス王に抱き抱えられていたのだ。


——ボン。


目眩で気にもならなかった今の状況が、冷静になればなる程ものスゴく恥ずかしくなっていた。

フェリクス王に抱き抱えられている上に、息のかかりそうな距離感。お腹《なか》や背中が異様にムズムズする。どうしていいのか分からない。

だが、フェリクス王は、莉奈が顔を真っ赤《まか》にさせアタフタしている様子を、間近でニヨニヨと見ていた。

フェリクス王が面白がっているのを知らない。ただ、いつまでも降ろしてくれない状況に、暴れるより先に頭がショートしてしまった。

降ろしてと言えば良いのだろうけれど、莉奈は混乱し過ぎて口から滑り落ちた言葉がコレだった。

「オ元気ソウデ何ヨリデシタ」


——プッ。


途端にフェリクス王と、シュゼル皇子の吹き出す声が間近に聞こえた。

莉奈が顔を真っ赤にさせて、訳の分からない事を言ってきたので、面白かったのだ。

そんな様子を少し離れた所で見ていた執事長イベールは、深いため息を吐《つ》いていた。

◇◇◇

結局、抱っこされて来た莉奈は、フェリクス王の執務室のソファにポスリと降ろされた。

上座の一人掛けソファに降ろしたのだから、揶揄《からか》っているに違いない。

「で？　何か用かよ」

王のいる階に転移して来たのだから、何か自分に用があるのだろうとフェリクス王は訊《き》いた。

「用など、ありません」

「あぁ？」

「飛ぶ場所を間違えました」

そうなのである。

王竜の鱗《うろこ》をキラキラにしてしまった莉奈は、早く逃げなきゃと慌てたため、一階と五階を間違えてしまったのである。

「なんだそりゃ」

フェリクス王は完全に呆れ顔《がお》をしていた。

間違えた挙げ句、酔ったのだ。これに呆れなくて何に呆れる。

「寝ぼけてますか?」

シュゼル皇子は二人掛けのソファに腰を落としながら、わざとらしくそう言って笑っていた。

莉奈はなんだかいたたまれなくなり、帰ろうかなと腰を上げようとした時、エギエディルス皇子が入室して来た。

そして、真っ先に目についた莉奈を見るなり、吹き出したのだ。

「え? お前、何様?」

王のいる執務室のソファで、王が立ち莉奈が上座に座っていればそれはそうなるだろう。

「お一人様」

莉奈は説明するのをやめて、空笑いしながら立ち上がった。

「なんだよ、お一人様って」

エギエディルス皇子が笑っていた。

今日は朝から三人――イベールを合わせると四人で何をするのだろう。

仕事だとは思うけど、莉奈の中ではエギエディルス皇子はともかく、フェリクス王とシュゼル皇子が仲良く仕事するイメージがない。

莉奈が帰るタイミングを逃していると、エギエディルス皇子はシュゼル皇子の前に座り、目の前のテーブルに何やら機械をドンと置いたのだ。

魔法鞄《マジックバッグ》で何かを持って来たようだ。

Ａ４サイズくらいの見た事のない機械だ。一見オルゴールっぽいけど、良く見ると数字が並んでるし、訳の分からないレバーもある。

「ん？　何それ」

口など出さずにさっさと帰れば良かったのかもしれないが、初めて見る機械に莉奈は思わず言葉が漏れた。

「あ？　あぁ、計算機」

エギエディルス皇子が書類を広げながら教えてくれた。

「計算機？」

「暗算でもイイんだけど、苦手なんだよ」

「へぇ～。計算機ってそんな感じなんだ」

エギエディルス皇子は暗算が苦手だと、莉奈に悔しそうに言っていた。

莉奈は初めて見る計算機に夢中で気付かなかったが、エギエディルス皇子は莉奈に弱い所は見せたくないらしい。

「リナの国の計算機はどんな感じなのですか？」

シュゼル皇子が、同じく書類を広げながら訊いてきた。

他の世界の計算機に興味がある様だ。

「え～と、電卓って言われるモノで、電池とかソーラーパネルで動いてて……ボタンを押すと答えが出る？」

「電池？」

「ソーラーパネル？」

エギエディルス皇子とシュゼル皇子が、仲良く疑問を返していた。

「……聞かれても、私が作った訳ではないので、説明が出来ません」

電池の作り方なんて知らないし、ソーラーパネルの構造も良く分からない。説明しようがなかった。

「計算したい数字と記号を押すと、パッと表示されるんですよ」

そうとしか言いようがない。

莉奈は頭を捻《ひね》りに捻っても、上手《うま》く説明が出来なかった。やはり、説明が上手くなる技能《スキル》が欲しい。

「なんか良く分からねぇけど、便利そうだな」

ザックリと理解したエギエディルス皇子が、小さく頷《うなず》いていた。

「うん、便利だよ？　え、ひょっとしてソレ、全部計算して確認するの？」

何の書類か分からないが、予算か出入金とか税金関係ではないのかと想像する。

お小遣い帳や家計簿と比べるのはおこがまし過ぎるが、アレでさえ面倒くさいのに国家のお金関係となるとさらに面倒くさそうだ。

「まぁな」

本来なら、財務省や総務省の算術士や税理士が計算して、書類を作成し管理している。

だが、皇帝からフェリクス王に代替わりし、体制も変えたが、抜け穴も少なからずあるとか。まだまだ内政も落ち着かず、これ幸いと不正を犯す貴族達がいるらしく、金を積めば黙認する者もいて、たまに監査人や自らの目で一部を確認するのだそうだ。

エギエディルス皇子の勉強にもなるため、月に1度ないし二ヶ月に1度、監査や内偵調査をしているとシュゼル皇子が簡単に説明してくれた。

「興味があるのでしたら、少し見てみますか？」

そう言ってシュゼル皇子は、手前にあった書類を莉奈の前に滑らせた。

「え？」

「秘匿する程の書類ではないので、見ても構いませんよ？」

チラチラと見ていたのを知っているのか、シュゼル皇子は好きに見て下さいと書類を渡したようだ。

莉奈的には、興味がある……訳ではなかった。ただ、何の書類かな〜と好奇心が湧《わ》いただけである。

「あ、はい。では、お言葉に甘えて」

どうぞと言われたら「結構です」とは言えず、渋々書類を手に取る莉奈。オカシイな、そんなつもりはなかったのに何故《なぜ》こうなった。

莉奈は、見るフリくらいはするかとソファに座り直すのだった。

う～ん、難しい言葉が並んでいると、頭が考えるのを止めるのは何故だろう。

莉奈は頭が痛くなってきたが、数字と計算くらいは分かるので目を通してみた。

家計簿ではないけど、何かの出費と支出を記載して、その合計額が書かれてあるようだった。

「あ」

「なんでしょう？」

「え、あ」

パッと見ただけの自分が、口を出して良いのかなと、莉奈は口籠《ごも》る。

余計な事を言うなと言われたら、嫌だなと。

「〝何か〟ありました？」

ニコリと笑うシュゼル皇子。

シュゼル皇子の笑みが怖いけど。書類を渡した以上、多少口を出しても怒らないだろうと、莉奈は口を開いた。

「えっと、ここの収穫量に対して、経費を差し引いた後の納める税金の額が合っていないな……なんて？」

「あ？」

エギエディルス皇子が怪訝《けげん》な表情をして、莉奈が置いた書類を食い入る様に見た。

莉奈がチラッと見ただけなのに、そんな事を言ったからだ。

適当な事を言ってるんじゃないのかと、疑う素振りさえ見えた。

「兄上」

だが、シュゼル皇子はそうは思わなかったのか、エギエディルス皇子が食い入る様に見ていた書類を取ると、何故か下座に座るフェリクス王に書類を手渡した。

フェリクス王は、かったるそうにその書類を見ると、莉奈をチラッと見た。

「訂正」

「え？」

「合算の下に訂正してみろ」

そう言って、莉奈の方に書類を滑らせて来た。

どうやら、莉奈の計算した額を書いて見せろという事らしい。

すかさず、シュゼル皇子が赤いインクの付いたガラスペンを莉奈に手渡す。

「私が書いてもいいんですか？」

「構わねぇよ」

大事な書類に訂正などして良いのかと訊いたら、でなければ言わないとフェリクス王は口の端を上げていた。

「……」

なんか妙に緊張する。

莉奈は、皆の注目を浴びて思わず手が震え……たりしなかった。

皆の視線で計算を間違え……たりもしなかった。

自分の強靭《きょうじん》過ぎる精神《メンタル》にバンザイである。

莉奈が最後の数字を書き終えるか否かのタイミングで、シュゼル皇子が満足そうな笑みを浮かべていた。

その後、フェリクス王にチラッと目配せし、書き終わると同時に書類をスルリと莉奈から受け取り手渡した。

フェリクス王が見ている斜め後ろで、執事長イベールも視線だけを書類に滑らせていた。

「合ってますね」

リナのクセに……と、執事長イベールの内なる言葉が聞こえてきそうだった。

彼もフェリクス王の斜め後ろから、チラッと見て計算でもした様だ。

「シュゼルといい勝負か」

莉奈が紙に計算式を書く訳でもなく、暗算でしかも短時間でやった事に少し驚きつつ、フェリクス王は苦笑いしていた。

どうやら、フェリクス王も暗算して確かめてみたらしい。

莉奈にしてみたら、そろばんがないこの世界でフェリクス王にしろ、執事長イベールにしろ、チラッと見てすぐ計算が出来る事に感服する。

「ん？　あれ？　ひょっとしなくても試されました？」

エギエディルス皇子はともかく、シュゼル皇子は初めから、フェリクス王は途中から自分を試したのではないかと思った。

そう思うと、なんだか釈然としない。自然と頰《ほお》がプクリと膨れた。

「試した事は謝罪します。リナの世界では皆がそうなのですか？」

申し訳なさそうに言ったシュゼル皇子を見て、莉奈はため息を吐《つ》いた。

電卓の話を聞いて莉奈を試したというより、純粋に莉奈のいた世界の基準が知りたかっただけなのだろう。

「ん〜、違いますね。私はたまたま幼稚園……幼少の頃《ころ》に〝そろばん〟……えっと、計算が早くなる習い事？　をしていたからですよ」

とりあえず、祖父が習い事の定番だと父に勧め、習い始めたのがそろばんだ。何年か通ってたけど、その塾の帰り道に拐《かどわ》かされそうになり、習い事がそろばんから空手道場に変わったのである。

そろばんは弟も習っていて、弟は簡単な暗算どころかあっという間にフラッシュ暗算まで出来ていた。弟の方が素質があったのだと思う。

「〝そろばん〟?」

案の定、シュゼル皇子達の視線が莉奈に向いた。

どう説明をすれば良いのだろう? と莉奈は首を捻った。

「え～と、なんだろう? 〝串《くし》団子〟みたいなモノを、指で弾いて計算する道具?」

似た様なモノがあれば表現出来るのだけど、悲しい事に莉奈には想像力と説明能力が乏しかった。

「「〝くしだんご〟」」

莉奈の拙い説明の中、シュゼル皇子とエギエディルス皇子のお菓子レーダーに引っかかってしまった。


——あ————っ‼


〝串団子〟‼

だーかーら、何故に食べ物で表現しちゃったかな⁉

でも、そろばんなんてどう説明すればいいんだよ‼

莉奈からは空笑いが漏れていた。


莉奈はソファからズリズリと落ちていく様な気分だった。

そろばんの話はどうしたんだろう?

仔イヌが二匹こちらを見て、瞳《ひとみ》をキラキラさせている。

期待には添いたいけど、材料もないしそんな気分ではない。莉奈は相変わらず、しょうもない愚策に出た。

「え〜と、串……串団子とは……」

「「串団子とは？」」

「ダンゴ虫を串に刺して焼いた食べ物？」

「気持ち悪っ‼」

莉奈の苦しい言い訳を聞いたエギエディルス皇子が、ものスゴい表情をして身震いしていた。

自分で言っておいてなんだけど、最悪な誤魔化《ごまか》し方だ。どうして上手《うま》く誤魔化せないのだろうか。

「エディ、お前ミミズが好きだったろ？　ダンゴ虫も食えて良かったじゃねぇか」

「俺がいつミミズ好きになったんだよ‼」

莉奈の誤魔化し方に呆《あき》れ笑いをしていたフェリクス王が揶揄《からか》えば、エギエディルス皇子は頰を膨らませ抗議していた。

莉奈が王竜の咆哮《ほうこう》でクラクラしていた時に、適当に言った事をフェリクス王は覚えていた様だ。

「エディ、ミミズを食べるのですか？」

「食べるかーーっ‼」

コテンと首を傾《かし》げたシュゼル皇子にも揶揄われ、エギエディルス皇子はさらに膨れっ面になっていた。

「アハハ」

この兄弟、仲が良くて面白いよね。

莉奈は王族達のやり取りに、思わず笑いを漏らしていた。


──きゅるるる～。

そんな兄弟団欒《だんらん》の中、奇妙な音が響いた。

莉奈のお腹《なか》の鳴った音である。そう言えば、碧空《へきくう》の君達にお礼を渡そうとしてたので、朝食を食べていない事を思い出した。

だけど、なんで鳴るかな？　恥ずかしいとお腹を慌てて押さえたものの、止まる訳もなく何の意味もなかった。

「リナ、お前ダンゴ虫食いたいのかよ？」

揶揄われた仕返しとばかりに、エギエディルス皇子が馬鹿にした様に笑っていた。

「食べな……ぁ」

ないよ……と言いかけて、莉奈は嫌な食べ物を思い出してしまった。

「なんですか？」

シュゼル皇子は、莉奈が何かを思い出したか思いついたのかと、ワクワクして訊《き》いた。

知らない甘味がまだあるのかと。

――のだが、シュゼル皇子はすぐに後悔した。

「虫で思い出したんですけど、私のいた世界ではチーズに湧《わ》く〝蛆《うじ》〟を一緒に食べる国があったな……と」

うろ覚えだが、羊の乳で作ったチーズに蛆虫《うじむし》を湧かせて食べる国があったハズ。夕飯時に家族とバラエティ番組の罰ゲームか何かで見て、気持ち悪いと話した覚えがある。

ピョンピョン跳ねる白い蛆虫ごと、チーズを食すとかなんとか。

その蛆は食用なのかな？　と改めて考えゾッとした。

蛆が食用だったとしても、食べたくない。

「はあぁぁ⁉」

途端にエギエディルス皇子が、身震いして叫び声を上げていた。

きっと想像したに違いない。

シュゼル皇子は絶句し固まっていた。

「気持ち悪ぃ」

フェリクス王は渋面顔をし、口を手で押さえていた。

珍しく執事長イベールも、顔を顰《しか》めている。

皆が皆、グネグネと動き回る蛆虫の湧くチーズを想像したのだろう。

「あ」

「今度はなんだよ⁉」

エギエディルス皇子がピクリと反射的に身体《からだ》を動かした。

莉奈がまた、何かを思い出した様な声を出したからだ。

「〝ダニ〟を外皮に付けたチーズもあった気がする」

「うぇぇ〜っ。気持ち悪ぃ事を言うんじゃねぇ‼　チーズが食えなくなるだろ⁉」

エギエディルス皇子は再びブルッと、身震いしていた。

チーズを見るたびに思い出すからヤメロと。

「この世界にはないの？」

「俺は聞いた事がない‼」

「私も知りません」

「知らねぇし、知りたくもねぇ」

莉奈が訊いてみればエギエディルス皇子、シュゼル皇子、フェリクス王が嫌な顔をして教えてくれた。

執事長イベールに関しては、顔を顰め口を押さえたまま微動だにしない。

冷静な彼をも唸《うな》らせる食べ物の様だ。

「赤ワインに良く合うらしいですよ？」

美味《おい》しいかはともかく、蛆虫チーズをパンに載せ、赤ワインと一緒に味わうのが通だとかつて聞いた覚えがある。

独特の風味と、舌にピリッと軽い刺激がくるとか。

お酒好きなフェリクス王に、酒の肴《さかな》にいかがですか？　と訊いてみた。

「赤ワインまで不味《まず》くなるだろうが」

ますます渋面になるフェリクス王なのであった。

第2章　ククベリーワインと苺《いちご》ワイン

――それから、数分後。

莉奈《りな》は、当初の目的だったいつもの厨房《ちゅうぼう》に来ていた。

シュゼル皇子は莉奈が腹を鳴らした事と蛆虫チーズの話で、串団子の事はとりあえず頭から吹き飛んだらしい。

いや、一先《ひとま》ず措いてくれただけかもしれないが。

とにかく、莉奈が朝食をまだ食べていないと聞き、解放してくれたのであった。


「おはよう、リナ」

「やっほぉ～リナ」

厨房に顔を見せると、皆が元気に挨拶《あいさつ》をしてくれた。

最近は、ここに来るとホッとする。いつもの人達がイヤな顔一つ見せないで笑顔で迎えてくれる。

それが、本当に嬉《うれ》しい。

「何作るの？」

「カクテルか？」

「カクテルだな⁉」

厨房に入るなり莉奈が果物やお酒を用意し始めたので、料理人達がチラッと覗《のぞ》き込んだ。

お酒を出せばカクテルカクテルと……それは、もはや願望だよね。

「カクテルじゃないよ。ラナ達がハチミツを買って来てくれるって言ってたから、お礼に簡単な飲み物でも作ってあげようかと」

「ほとんど、私欲のためなのに優しいな」

それを聞いていたリック料理長が苦笑いしていた。

ラナ女官長達は美容液に必要なローヤルゼリーのついでに、ハチミツを買って来るだけであって、莉奈のためではないのだ。

なのに、お礼を考える莉奈は優しいとリック料理長は思ったのだ。

「ラナには色々お世話になっているしね」

莉奈は平たいバットに、ククベリーやブラックベリーを並べていた。

ラナは、コチラのお母さんみたいな存在で傍にいてくれるだけで、なんだか温かい気持ちになれる。

「氷の魔法を使える人～」

「もはや、氷魔法は調理の定番だな」

莉奈が挙手を求めれば、笑いながら一人の料理人がやって来た。

魔石を使った調理機材はあるけれど、魔法を料理に使うなんて発想、莉奈が来なかったら考えもしなかった。しかし、今となってはすっかり慣れてしまった。

「果物を凍らせてどうすんだ？」

「ククベリーワインと苺ワインを作ろうかなと」

簡単だし、見た目も可愛《かわい》いから喜んでくれるだろう。

莉奈はバタバタと棚を開け、入れ物を探した。

「ククベリーワイン」

「苺ワイン」

女性達の瞳がキラキラしていた。

なんとなくオシャレに聞こえるし、そもそもお酒が好きだからというのもあるだろう。

「何探してんだ？」

あちこちの棚を開けている莉奈に、マテウス副料理長が訊いた。

「ん？　なんかワインを入れる入れ物が欲しいなと」

グラスではなく、まるっと一瓶分入りそうな入れ物。

莉奈がそう伝えると、マテウス副料理長が奥の棚から何かを持って来てくれた。

「コレならいいんじゃないか？」

「あ！　ちょうど良い」

お礼を言って受け取った莉奈。

マテウス副料理長が持って来てくれたのは、底が潰《つぶ》れた大きな丸型フラスコみたいなガラスの瓶だった。

「この入れ物って、何に使うの？」

初めて見る形の瓶に、莉奈は不思議そうな顔をしていた。

紅茶はこんな形の瓶に入れない。

「え？　〝デキャンタ〟だよ。リナ知らないの？」

「え？　知らないよ？」

当然の様に言ってきたので、莉奈はキョトンとしてしまった。

マテウス副料理長は、莉奈の事だから絶対に知っていると思ったようで、驚いていた。

「ワインを入れる瓶だよ」

「ワイン？」

「熟成したワインは、一度このデキャンタに移してから飲むんだよ」

「ん？　なんで？」

「マジで知らないんだな。熟成したワインは濁りや澱《おり》とか雑味があるから、コレに一時入れて不純

物を沈殿させてから、上澄みの美味しい部分だけを注ぐんだ」

「ふぅん？」

莉奈が本気で知らないと分かると、マテウス副料理長が詳しく教えてくれた。

熟成ワインは澱とか雑味がある。どうやらソレを、除くために一旦《いったん》このデキャンタに入れ、不純物を沈殿させてからグラスに注ぐらしい。

自分達では使わないが、王族とか身分の高い人達には高いワインを提供するから、このデキャンタを使用するそうだ。

なら、莉奈の家にある訳がない。

だって、沈殿させなくてはならない程、熟成年数のある高級ワインなんてない。デキャンタなんて使わず、瓶から直接グラスに注いでいた。

「デキャンタなんてどうするんだ？」

リック料理長が興味しかない表情で見ていた。

「さっき凍らせて貰《もら》った苺をデキャンタに入れて、その上から白ワインを注ぐ。後はコレを、五時間くらい冷蔵庫に入れておくと苺ワインの出来上がり」

ククベリーはそんなに大きくないから、フォークで穴を開けて白ワインの瓶にポチャポチャッと入れればいい。

こちらも同じように、冷蔵庫にしばらく置いたら出来上がりである。一日漬けてもイイけど、いつまでも果物を入れっぱなしだと傷むから注意は必要だ。

凍った果物がゆっくりと溶けていく内に、自然に風味や香りが白ワインに移り、カクテルとはまた違った味わいのお酒になるのである。いわゆる果実酒。

「へぇ〜。面白いし可愛いな」

「ラナが喜びそうだ」

マテウス副料理長とリック料理長が、莉奈の手伝いをしながら楽しそうに言っていた。

「でも、凍らせたのはなんで？」

追加のデキャンタを持って来てくれた女性の料理人が、不思議そうに訊《き》いた。

そのままではなく、何故《なぜ》凍らせる必要があったのか疑問のようだ。

「その方がたぶん、早く果汁が出る？　しらんけど」

ゆっくり寝かせて作る果実酒も勿論《もちろん》あるが、何ヶ月何年も待ってられない。だから、簡単で時短な作り方を選んだ。

想像だけど、凍らせると果実の細胞が破壊されて、味が出やすいんだと思う……が事実かどうかは知らない。

「知らないのかよ」

それを聞いていたマテウス副料理長達が笑っていた。

理由など知らないで作っている料理なんか、たくさんあるしね。

「ちなみに、白ワインの代わりにホワイト・ラム、甘みが欲しかったら砂糖を足しても美味《おい》しいらしい」

他の果実でやるのもアリだし、莉奈は色々なアレンジ方法も教えておいた。

後は皆で楽しみながら、ワイワイと色々と試してみるに違いない。

果実酒といえば、家では毎年梅酒を作っていた。お酒の飲めない莉奈と弟には梅シロップ。梅シロップにはお酢を入れて作るのが、家の定番。

暑い夏には炭酸水で割ると、炭酸の刺激と爽《さわ》やかな酸味が堪《たま》らなく美味しい。青梅、完熟梅、小梅で全く味わいが違うから、毎年作るのは楽しかった。

ちなみに莉奈は、完熟梅が好きだった。

青梅とは香りが全然違い、口に含むと鼻に抜けるアプリコットみたいな香りが堪らなかった。小梅はお酢と氷砂糖で漬けると赤くなって、駄菓子屋のスモモみたいな味わいがある。

本当は、砂糖ではなくて氷砂糖があったらコクが出るんだけど、ないからそこは残念だ。

莉奈が懐かしがりながら作っていると、隣から楽しそうな声がした。

「よし、ホワイト・ラムバージョンも作ろう」

マテウス副料理長が、手の空いている料理人を集めていたのだ。

作り方は簡単だから、見習いでもすぐに作れるだろう。

「リナ、やっぱりカクテルか？」

莉奈がまたお酒、エールを用意し始めたので、期待しかない瞳《ひとみ》で見ていた。

「違うよ」

莉奈は苦笑いが漏れていた。

本当に皆、お酒好きだよね？

お酒の全《すべ》てがカクテルに繋《つな》がる訳ではないのに。

「じゃあ、エールなんて何に使うんだ？」

「漬け物」

「え？」

「〝糠漬《ぬかづ》けモドキ〟を作るんだよ」

「〝糠漬けモドキ〟？　お酒で漬け物なんか作れるのか？」

「だね〜」

リック料理長が興味津々だったので、材料を用意しながら簡単に説明する事にした。

「本来なら米糠《こめぬか》から作るんだけど、米糠を用意するのが面倒くさいので、代わりにエールとパン、それと塩で糠漬けモドキを作る」

「エールとパン⁉」

「そう。エールとパンと塩で、糠漬けという漬け物が出来る……らしい」

「なんだよ。出来るらしいって」

「実は作った事がない」

家には糠床《ぬかどこ》があったから、やった事がなかったけど、ずっと興味があった。

水でも出来るらしいけど、水だともの足りないって聞いた覚えがある。だから、エール（ビール）で作ってみようと思ったのである。

「作った事がないのに、作れるのか？」

「うん。難しくはないからね」

簡単だから、意外と覚えていたレシピだ。

ＴＶでやっているのを見た事があるだけで、試した事はなかった。良い機会である。

「今日は細かくちぎったパンを使うけど、パン粉でもイイ。浅い鍋《なべ》にちぎったパン、塩を少々入れ、エールを注いでパンに良く揉《も》み込む。で、初めは使わないクズ野菜をその糠床モドキに埋めて、フタをして一晩置くと……パン床が出来るらしい」

「出来るらしい、なのか」

「だね？」

莉奈は空いていた冷蔵庫に、鍋を入れた。

ビニール袋があれば、そこに材料を入れると手も汚れないし簡単らしいけど、ビニール袋なんかないから仕方がない。

「クズ野菜を入れたのは、何故？」

「馴染《なじ》ませるため？」

リック料理長が訊いてきたけど、正直言って良く知らない。

漠然と菌か何かを安定させるため？　としか分からないのだ。

「パン床が出来たら、食べたい野菜を入れて漬けるといいらしい」

「なら、明後日《あさって》のお楽しみか」

「上手《うま》く出来てればだけど」

やった事がないから、想像がつかない。


「さて、朝ご飯を作ろう」

莉奈は改めて気合いを入れると、準備に取り掛かる。

リック料理長達が、皆のために作ってくれている朝食でもいいけど、せっかくお米を貰ったのだから、ご飯がいい。

朝起きてから大分経《た》ったし、朝食兼昼食という事にしてガッツリした物が食べたい。

カツ丼、天丼、親子丼……どれも醬油《しょうゆ》や出汁《だし》が必要だ。

代用かアレンジかで作るのもアリだが、あるいは……。

「ガーリックライス……でも炊きたてご飯で作るのもなぁ」

莉奈はため息を吐《つ》きつつ、呟《つぶや》いていた。

良くも悪くも、この世界には魔法鞄《マジックバッグ》があるから、ご飯はいつでもふっくら炊きたてのままだ。

その炊きたてご飯で炒飯《チャーハン》を作ると、水分が多いからべチャっとしてパラパラにはなりにくい。

昨日《きのう》の残りくらいがちょうど良いのだ。

勿論、固めに炊いたご飯でもいいけど、わざわざ炒飯のために炊くのも勿体《もったい》ないし、なんか炊きたてご飯を使うのは罪悪感が少しある。

どうしようかな、と考えていたら料理人リリアンから驚きの事実が発覚した。

「炊きたてじゃないご飯なら、ココにあるよ?」

「え?」

「ホラ、鍋に入ったまま～‼」

アハハと楽しそうに、冷蔵庫から小鍋を出していた。

蓋《ふた》を開けたら、完全に冷えて固まった昨日の残りのご飯だった。

オカシイな。炊いたお米はもれなく、皆で魔法鞄《マジックバッグ》で保存していたハズなのに。

「何故《なぜ》、ご飯がそこにある?」

リック料理長が険しい目をリリアンに向けた。

「それは、私が魔法鞄《マジックバッグ》にしまい忘れたから――ギャン‼」

もれなく、リック料理長のゲンコツが頭に落ちていた。

しまい忘れて隠していたのだろう。ものスゴくリリアンらしい。

「まぁ、ちょうど良かったし貰いますか」

冷えたご飯を活用出来て良かった。

一応、匂《にお》いを嗅《か》いで傷んでいないか確かめたけど。だってあのリリアンだもん。いい加減に置いて腐らせている可能性もあるからね。

「何を作るんだい？」

結果、何を作るのだろうと、リック料理長が他の作業に戻りながら訊いてきた。

お米の料理なんて初めてで、興味しかないようだ。

「シンプルなガーリックライスを作ろうと思う」

ケチャップがあればオムライスが食べたいけど、ケチャップから作らないといけない。なら、簡単なガーリックライスがいいだろう。

「ガーリックライス？」

「ニンニクでご飯を炒《いた》めるだけ」

莉奈は、棚から見つけた乾燥パセリとニンニクを微塵《みじんぎ》切りにした。具はそれだけ、他に具らしい具は入れない。

「フライパンに微塵切りにしたニンニク、バターを入れて火にかける。なんとなくニンニクから香りが出て来たら、冷めたご飯を投入。で、塩、胡椒《こしょう》を少々と切ったパセリを入れて、ひたすら炒める」

「スゴく良い匂い」

「さっき、飯を食ったのに食欲を唆られる」

料理人達は鼻をスンスンさせていた。

ガーリックライスは、ニンニクの香りで鼻を襲撃し、炒める音で耳に襲来する。ニンニクって本当に色々な方向からお腹《なか》を刺激してくるから不思議だ。

「ところで、タコ、まだ残ってるの?」

残っているのなら何か作ろうかなと、莉奈はガーリックライスを炒めながら訊いてみた。

「残る訳がない」

「白ワインと共に、胃袋の中へ消えたとさ」

どうやら、全部使い切ったようである。

美味《おい》しいのかも皆が食べるのかも分からないから、量も少なかったから仕方ない。想像以上に口にあったようである。

「ありがたい事だよ。獲《と》れてもタコが売れなかったから大歓迎」

そう言って嬉《うれ》しそうに笑ったのは、タコを食べた事のある漁師町出身の料理人だった。

あまり売れないからと、獲れても廃棄する事もあったみたいで、漁師達も喜ぶとお礼を言われた。

空前のからあげブームに乗れたら儲《もう》けモノである。

近々、また仕入れてくる予定だとリック料理長が教えてくれた。

「ちなみにタコはないけど、同じデビルフィッシュのイカなら少しあるよ」

莉奈なら何か作るのでは？　と仕入れ担当の料理人が仕入れて来たらしい。

「イカ」

イカで真っ先に思いついたレシピが、スルメだから笑っちゃうよね。

皆じゃないけど、酒の肴《さかな》になるモノが真っ先に浮かぶなんて。

「何か思い付いたのかい？」

「まぁ、なんとなく？」

リック料理長が訊《き》いてきたけど、とりあえず莉奈は言葉を濁した。

今は、イカよりガーリックライスである。

皆と話をしていたら、ちょうど良い感じに出来上がった。

「え？　今、食べないの？」

莉奈が出来上がったガーリックライスを、お皿に盛り魔法鞄《マジックバッグ》にしまったので、驚く声が聞こえた。

ここで食べないのか、それとも後で食べるのか。

「これだけじゃもの足りないから、鶏肉《とりにく》を焼こうかと」

莉奈がそう言えば、返答の代わりに生唾《なまつば》を飲む音がした。

莉奈は冷蔵庫から鶏もも肉を二枚貰《もら》うと、少し厚みのある部分に切れ目を入れ始めた。

「鶏肉の厚みを均一にするのか」

「うん……というか、薄くしたい」

リック料理長が昼食の準備をしながら、莉奈をチラチラと見ていた。

勉強家な彼は、莉奈の些細《ささい》な事も見逃さないようにしている。

「リックさん。見ているのはいいけど、大した事しないよ？」

「大した事をしていないと思っているの、リナだけだし」

「えぇ〜？　でも薄く広げてただ焼くだけだよ？」

なんなら、味付けも塩胡椒《しおこしょう》のシンプルなモノである。

見られているのが恥ずかしいくらいに何もしない。

「見ておいて損はない」

リック料理長が真剣な目をしていた。

うん？　真面目《まじめ》過ぎませんか？

「えっと、塩胡椒した鶏もも肉の皮を下にして、そのまま熱したフライパンに入れる。で、フライパンよりサイズの小さい蓋で押し付けて焼く」

莉奈は鍋の蓋を鶏肉に押し付けて焼き始めた。

家でやる時は木ベラで力強く押し付けて焼いていたから、脂がコンロや壁に飛んで掃除が面倒くさかった。

おまけに腕や顔にも飛んで来て熱かったんだけど、蓋でやると軽減されていい。

「押し付けるのか」

「皮をカリッカリにしたいからね」

要は鶏皮が浮かない様に押し付けているのだ。

押し付けていると、鶏肉が何すんだと言ってるみたいにキュウキュウと音が鳴る。

しばらくして、香ばしい匂いがしてきたら少し皮を見て、キツネ色というよりタヌキ色になっていたらひっくり返す。

「イイ感じ」

莉奈は思わず声を漏らした。

見るからにカリッ……いや、パリパリしてそうな良い色になっている。

「そっちは押し付けないのかい？」

「うん。せっかくの皮が潰《つぶ》れちゃうから」

リック料理長が鼻をスンスンさせていた。

鶏肉の皮が焼ける匂《にお》いって、香ばしくて堪《たま》らないよね。

皮目を押し付けている間に、反対側もほとんど火が通るから、軽く焼く程度で大丈夫。

反対側は押し付けない。押し付けるとせっかくパリッとさせた皮目が台無しになってしまうのだ。

「さっ、後は一口大に切って、さっきのガーリックライスに載せれば完成」

焼き上がったカリッカリの鶏肉を、包丁でザクザク切って、先程魔法鞄《マジックバッグ》にしまったガーリックライスにドカンと載せた。

贅沢《ぜいたく》なガーリックライスに仕上がったのである。

香味野菜を載せてもイイけど、今日はコレで完成だ。

「一口ずつもないけど、残りはどうぞ」

二皿のガーリックライスを皆に提供し、莉奈は早い昼食にする事にした。

お米自体はあるからいくらでも作れるが、ガーリックライスの為《ため》にわざわざ炊くかは別の話だ。

しかも、昼食はすでに完成しかかっている。

料理人は自分達だけのために作るか、悩ましいところだろう。


「アレ？　こんな所にテーブルとイスがある」

いつも通り、スライムのゴミ箱の上で食べようと考えていたら、窓際の隅に小さいテーブルとイスが二脚置いてあったのだ。

「お前がいつもゴミ箱の上なんかで食うから、用意したんだよ」

マテウス副料理長が苦笑いしていた。

すぐ隣に食堂があるのに、何故かココで食べる莉奈のために用意したらしかった。

誰かが来て変な注目を浴びたくないのだと、そして寂しいのだと皆はなんとなく気付いていた。

だからといって、ゴミ箱はいかがかと思い用意したのだ。

「あら、まぁ、それはスミマセン。お手数をおかけしますしますします」

頭をヘコヘコと下げて、そのテーブルに向かう莉奈に皆は吹き出していた。

〝します〟が一つ多いし、莉奈の言動が可笑し過ぎる。

「いただきます」

莉奈は両手を合わせた。

ガーリックライスのニンニクの香り。焼き立てで香ばしい鶏肉の匂い。もう、すでに堪らない。

ついでに用意した玄米茶で、まずは口を潤す。

「はぁ」

懐かしさが心に沁《し》みわたる。

そこから、カリッカリの鶏肉を一切れ。

押し付けて焼いたから、皮がお煎餅《せんべい》みたいにパリッパリだ。香ばしさと、食感が堪らん。

「うっま‼　鶏皮、うっま」

「あんなに押し付けて焼いたらどうなるかと思ってたけど、鶏皮がパリパリして美味《おい》し〜い‼」

「白飯より、俺、このガーリックライスがイイ‼　ニンニクとバターが堪らん旨《うま》さだな」

「お米が旨味《うまみ》を吸ってるから、すっごい美味しい」

「鶏皮があまり好きじゃなかったけど、これは美味しいな」

料理人達が珍しく仲良く小皿に取り分け味見をしていた。

やはり、慣れないただの白飯より、味が付いた方がとっつき易いみたいだ。

この調子でお米に慣れれば、おかずに白飯を合わせる食べ方も大丈夫になりそうだ。

「鶏肉を焼いたそのフライパンで、ご飯を炒めても美味しいよ？」

と莉奈は言いながら、作る順番を逆にすれば良かったと少し後悔する。

鶏肉《とりにく》を焼いたあのフライパンで玉ねぎとニンニクと卵で炒飯《チャーハン》を作れば、鶏肉の旨味がご飯に移り、鶏肉が入ってなくても充分美味しくなっただろう。

「あ、マー油だな？」

「惜しい、鶏油《ちーゆ》だよ」

リック料理長が、ピンときた様だ。

以前、莉奈が鶏肉料理を作った時に、鶏油《ちーゆ》を取っとく様に言ったのを覚えていたらしい。

マー油はラードでニンニクや香味野菜を揚げた、香味油の事である。

ちょっと話した事なのに、リック料理長は良く覚えているなと莉奈は感心していた。

「そっか、そうだったな。ん？　と、いう事は鶏油《ちーゆ》を入れて炒《いた》めてもいいのか」

「だね」

軽く説明すれば、リック料理長は思い出した様子で大きく頷《うなず》いていた。

「そういえば、結局、サケティーニは飲めたの？」

あれから皆が、どうやって分けたか莉奈は知らない。

「それが、まだ、飲んでないんだよ」

作ったはイイが、どう分けるか決めかねていた様である。

リック料理長達は、苦笑いしていた。

「ふぅん？」

くじ引きにするかジャンケンにするか、それとも皆で仲良くホーニン酒だけをシンプルに味わうか、そこから決めていないと笑っていた。

莉奈は皆の話を、ガーリックライスをモグモグと頬張《ほおば》りながら聞いていた。

確かに、色んな味は試したいところだよね。

からあげだって、塩、醤油《しょうゆ》、ニンニク、ダシ……等と組み合わせ次第で色んな味になるし、どれか一つだなんてちょっと悩む。

「なら、賞品にしちゃえば？」

莉奈は早い昼食を平らげ、玄米茶で一息吐《つ》いた。

決めかねているなら、賞品にして何か競わせたらいい。嫌な作業も楽しく出来るし、面白いだろう。

「「「賞品？」」」

面白い事が好きな料理人達は、莉奈の提案に乗ってきた。

夕食はカレーなのだが、カレーには玉ねぎが大量に必要だ。

オニオンスープを作った時の様に、薄切りにし飴色《あめいろ》になるまでトコトン炒める。まさに地獄の作業である。

苦痛ではあるが、ゴールに賞品がチラつけば話は別だ。勝負心が疼《うず》くところだろう。

「夕食に作る予定のカレーなんだけど、玉ねぎが大量に必要なんだよ。だから、前みたいに競争してその賞品にしちゃえばいい」

「うっわ、玉ねぎ。マジかよ」

「あ～、確かに賞品があった方がヤル気は出るな」

「え～、私お酒飲めないのに」

莉奈が玉ねぎの話と、賞品の提案をすれば、複雑そうな声を上げていた。

早切りが苦手な人もいるし、そもそもお酒が飲めない人にその賞品は何の魅力もないからだ。

それもそうだなと思った莉奈は、下戸の人達のために他のご褒美を考える。

魔法鞄《マジックバッグ》に何かあったかなと、ゴソゴソとすると、余分に作っておいた食べ物が意外とある。

だが、同じではつまらないし、アレンジを加えてみようかなと考えた。

「お酒が飲めない人には、エドに作ったノンアルのカクテルと新作のプリンを――」

「「「新作プリン⁉」」」

「マジか‼」

莉奈がお酒がダメな人用にと、新作プリンを賞品に出せば、厨房《ちゅうぼう》の熱量が一気に上昇した。

「でも、負けた人達は、もれなく恐怖の玉ねぎ炒めをやってもらうよ？」

「「「あぁ〜〜っ」」」

前回、負けた人達からは盛大な嘆き声が聞こえていた。

苦痛な時間だったのだろう。

「負けなければいい訳だし、頑張ってね〜」

莉奈は他人事《ひとごと》だなと笑いながら、新作プリンの準備に取り掛かる。

「ちなみにいくつスライスすればイイんだ？」

すでに死んだ様な目をしている料理人が訊《き》いてきた。

一応、確認はしておこうと考えたらしい。それで、少なければラッキー的な？

莉奈はとりあえず、新作料理に興味のない人もいるだろうし、スパイスが苦手な人も考慮して数を考える。

「うーん……五〇〇？」

「「「ごっ‼　ですよねぇ？」」」

料理人達は、その数に驚愕《きょうがく》しすぐに肩を落として諦《あきら》めた。

オニオンスープの時はもっと多かったのだ。なら、少ない方？　だろうと。

◇◇◇

昼食の忙しい時間が一段落し、食堂は閑散としていた。

莉奈がカレーを作ると聞いたので、白竜宮《はくりゅうきゅう》と黒狼宮《こくろうきゅう》から、数名の料理人達が手伝いに来ていた。

莉奈が新しい料理を作る時は、夕食の準備をこちらで一緒にしてしまおうと、こうやってたまに来るのである。

これだけ広い厨房も、人数が増えると狭く感じる。


――ザクザクザク。

――コンコンコン。

結果、チーム制にして玉ねぎスライスの競争になっていた。

ただ、以前と違うのが、〝銀海宮《ぎんかいきゅう》〟〝白竜宮〟〝黒狼宮〟の各所三チームに分かれた事だろう。

リック料理長は立場上、今回はチームに加わっていない。一応、総料理長でもある彼が加わると、銀海宮には副料理長もいて不公平だと、他の宮から声が上がったのだ。

莉奈は言わずもがなだが、加わる事はない。

莉奈に言わせれば、料理長だからと言って、玉ねぎスライスが一番速いかと言えば別だと思っている。

上に行けば上に行く程、雑用はしなくなるからだ。

むしろ、毎日のように同じ作業をやらされる下っ端の方が速かったりするのでは？

まぁ、リック料理長は真面目《まじめ》だから、雑用係も進んでやる人だけど。

「懐かしいな」

莉奈のプリン作りを手伝いながら、リック料理長が優しい口調で呟《つぶや》いていた。

プリンというと、莉奈がココに来て初めて作ったお菓子である。リック料理長はそれを思い出し、懐かしんでいる様だった。

「でも、今日作るのは、以前作った家庭的な素朴なプリンじゃなくて、ちょっと贅沢な濃厚プリンだよ？」

「濃厚」

リック料理長はゴクリと喉《のど》を鳴らした。

やはり、莉奈の作る料理はアレンジも豊富にあるし、種類もあるのだなと感服する。

莉奈が初めて作って食べさせてくれたあのプリンは、皆に衝撃を与える物だった。

ドライフルーツや甘い豆菓子、固くてしょっぱい粉のお菓子しかない世界に、あんなに甘くてなめらかなお菓子が現れたのだ。

今もあの衝撃を思い出すくらいだった。その贅沢《ぜいたく》版である。興味しかない。

「まず、プリンに必要な材料は覚えてる？　リックさん」

「卵、牛乳、砂糖だろう？」

「正解。そこに、生クリームと卵黄をプラスして作るのが、この濃厚プリン」

「生クリームと卵黄か」

リック料理長は、顎《あご》をひと撫《な》でしながら真剣かつ楽しそうにしていた。

知らない事を知る感覚が興味深いのである。

「プリンも他の料理同様に、色々な作り方やアレンジがあるんだよ。で、さっき食料庫に行ったら、こんな物を見つけたからコレを入れてみよう」

「「カボチャ!?」」

「そう、カボチャです」

この世界のカボチャは、外側が深緑の見慣れたカボチャもあるが、濃いオレンジ色のカボチャもある。訊いたら赤もあるみたいで、実にカラフルだ。

莉奈が作業台にカボチャをドカンと載せれば、レースに参加していない観戦者からも、驚く声が聞こえた。

果物ならともかく、プリンにカボチャを入れるなんて、想像もしなかったのである。

「プリンにカボチャか」

「だね。カボチャの甘さが加わって美味《おい》しいよ？　と、いう事でカボチャは、上部分を切って種やワタを取った後、丸ごと先に蒸して柔らかくしとく」

「え？　丸ごと？」

「うん。カボチャを丸ごと豪快にプリンの器にしちゃう」

「それはスゴイな」

蒸し器代わりの鍋《なべ》に入れたカボチャを見て、リック料理長が目を丸くさせていた。

トマトは器として使った事はあるが、カボチャはなかった。

豪快かつインパクトの強いお菓子である。リック料理長は少しワクワクしつつ、莉奈の手元をチラッと見た。


「え？　あれ、今気付いたけど……リナ、なんか凄《すご》い包丁を持っているな」

魔法鞄《マジックバッグ》から取り出していたマイ包丁に、リック料理長は目を見張った。

自分が持っている包丁より、明らかに高そうで切れ味が良さそうだ。

「この間ココに来た、綺麗《きれい》なお兄さんに造って貰《もら》った」

莉奈は、使った包丁を洗いながら答えた。

硬いカボチャも柔らかい食材も断面が崩れず、切れ味が抜群でものスゴく重宝しているのである。

「え⁉　あの美人なお姉……じゃない、お兄さん、包丁を造る人だったのか⁉」

「違うよ。武器職人」

「は？　武器職人⁉」

「うん」

皆は唖然《あぜん》としていた。

あの美人なお兄さんから、武器職人という職業は全く思い付かなかった。

線は細くて綺麗だったし、どちらかと言うと、服飾関係の仕事をしている人にしか見えなかったのだ。

「武器職人がなんで包丁なんか造ってくれたんだ？」

「生キャラメルあげたら造ってくれた」

「「「あぁぁ〜〜っ」」」

実際には全然違うんだけど、説明が面倒くさい莉奈が適当に言ったら、なんだか不思議と皆が納得していた。

なんで、それで〝あぁ〟と納得してしまうのだろう？

アーシェスさんが、自分達同様にモノに釣られると思ったのかもしれない。

「とにかく、カボチャを蒸している間に、プリン液を作ろうと思う」

濃厚プリンとカボチャプリン用のプリン液だ。

玉ねぎスライスの勝負中なのに、チラチラと見ているリリアンの視線に気付いた。

自分の番が終わったならともかく、まだなら随分と余裕である。

「カボチャプリンは、ノーマルのプリン液で作るからリックさんお願いします」

「分かった」

久々だし、復習も兼ねてリック料理長にお願いした。

お菓子のレパートリーが増えても、砂糖は相変わらず高価なままだ。自分の給料で買うのもありだが、それでも練習になる程、頻繁には作れない。

砂糖が自由に使える莉奈との作業は良い機会だった。

「で、濃厚プリンのプリン液は、ノーマルプリンの材料の半分を生クリームと卵黄に変えるだけ」

ざっくり説明すると、普段入れる牛乳300ccの半量を生クリームにし、全卵のところを半分卵黄に変えるだけだ。

何の料理でもそうだけど、このプリンのレシピも一例に過ぎない。自分の好みにあった作り方が一番だと思う。

「ちなみに、プリンも種類が豊富にあるよ。今は作れないけど、抹茶や胡麻《ごま》、珈琲《コーヒー》とか。作り方も焼いたり蒸したり。口当たりもなめらかだったり、こってり濃厚だったり、とろける系だったり」

味については、わざと今は作れない味を口にした。

紅茶やキャラメル味なんて言ったら、すぐに作れると分かるから、皆の視線や圧が怖い。

「プリンも奥が深いんだな」

莉奈が色々な種類があると教えれば、リック料理長が感嘆していた。

遠くで見ているリリアンは、ワクワクしている瞳《ひとみ》をしていたけど。

「あ、そうだリックさん。後で砂糖を分けてあげるから、マテウスさんと色々と試してみたらイイよ？」

「え？」

「人に教わるのも大事だけど、自分で試すのも大事でしょう？　だから、いつも熱心な二人に少し分けてあげる」

自分で作り出す楽しさもあると知っている莉奈は、研究熱心なリック料理長とマテウス副料理長に砂糖を分けてあげる事にした。

リリアンにあげたら無駄しかないけど、この二人にならあげても無駄にはならないだろう。

練習するには砂糖は高価過ぎて、食料庫のは勝手に使えないからね。

その点、莉奈は自由に使用出来る許可はあるし、他の宮から奪っ……好意で頂いた砂糖が大量にある。

「『マジか!!』」

途端に、リック料理長とマテウス副料理長が驚愕し、嬉《うれ》しそうな声を上げていた。

お菓子作りも復習や練習をしたかったが、先立つモノがなく練習出来なかったのだ。莉奈に貰えるとなり、練習が出来ると興奮していた。

莉奈は、普段そんな言葉遣いをしないリック料理長が、マジかなんて言うからつい笑ってしまった。

余程、嬉しかったのだろう。

「ま、今はそんな事より、プリンを食べられる事を祈りなよ。マテウスさん」

「そうだな」

莉奈にそう言われ、気合いを入れたマテウス副料理長。

玉ねぎスライスの勝負は、中々のデッドヒートを繰り広げている。完成品を食べられなければ、練習しようが正解が分からないだろう。

「コッチのプリン液も混ぜた卵液に、砂糖を溶かした牛乳と生クリームを入れるだけなんだけど。ちなみに、リックさん。プリン液は最後に布巾《ふきん》で漉《こ》すと、舌触りがなめらかになるよ」

「なるほど。ザルじゃなくて布巾か」

莉奈は、自分の作っているプリン液を布巾で漉しながら、リック料理長にも説明した。

家で作るならキッチンペーパーでも構わないけど、ないから布巾である。面倒だけど、このひと手間を加えるだけで、舌触りに差が出るので仕方がない。

食べるのは自分だけじゃないし、シュゼル皇子やエギエディルス皇子に献上するからね。なるべく完璧《かんぺき》に仕上げて口にさせたい。

「んで、こっちの濃厚プリン液は、フライパンに入れてオーブンで湯煎《ゆせん》焼きにする」

「え？　フライパンに？」

「そう、フライパン」

莉奈が出来たプリン液をフライパンに注げば、リック料理長は小分けにしないのかと驚いていた。

一つ一つグラスに入れてもイイけど、カボチャプリン同様に豪快に作りたかったのだ。

「オーブンに入れるんだけど、入れる前に鉄板にいらない紙を敷く。その上にお風呂《ふろ》のお湯だとかなり熱め、だけど熱湯ではないお湯を注ぐ、そこへフライパンを載せて湯煎焼きにする」

「なるほど、人肌よりはかなり熱め、だけど熱湯じゃダメって事だな？　紙は何で敷くんだ？」

「下から入る熱を柔らかくするため」

直接より、油紙とかシートを敷くと、火の通りが柔らかくなるらしい。

莉奈は、記憶を頼りに説明した。

「柔らかく……なるほど。湯煎焼きにするためにお湯か。熱湯だと熱が急に入り過ぎるし、水だとゆっくりでムラが出来るんだな？」

「だね」

莉奈の説明でなんとなく理解したリック料理長は、顎をひと撫でして頷《うなず》いていた。

「あまり熱めのお湯を注ぐと、気泡が出来て見た目も悪いし舌触りが悪くなるんだよ」

「ふむ」

プップッと気泡が入ったプリンになってしまうのだ。

茶碗蒸《ちゃわんむ》しもそうだけど、そうなると食感が非常に悪い。

リック料理長は真剣に聞き、鉄板に入っていたお湯に指を突っ込んで、体感として温度を体に覚えさせていた。

温度計で測るのも大事だけど、感覚で覚えるのも大事だと知っている。

「そっちのプリン液には、蒸したカボチャをくり抜いて中身を入れるんだけど、その前に一回程度ザルで漉す」

「なるほど、カボチャは繊維が多いからな」

そう言って莉奈が、ちょうど蒸し上がったカボチャを鍋から取り出し、中身をスプーンでくり抜き始めれば、リック料理長も同じようにやり始める。

皮がもの凄く熱いので布巾で押さえないと触れない。だけど、アツアツの内にやらないと、身が取りにくくなるしザルで漉せない。

なめらかな舌触りを追求するなら、三回は漉した方が良い。

「カボチャの粗熱がとれたらプリン液に混ぜて、さっきくり抜いたカボチャに戻す。で、コッチは蒸して冷やせば出来上がり」

「コッチは蒸しプリンか。カボチャのプリンはどんな味がするのか、楽しみだな」

蒸し器代わりの鍋に入れたリック料理長が、子供みたいにワクワクした様な表情をしていた。

仕事なのに、料理作りが楽しそうで何よりである。

「そういえば、カラメルは入れなかったな」

蒸し器に入れたリック料理長が、ハッとした。

以前莉奈が作ったプリンには、もれなく砂糖で作ったカラメルが付いていたハズだ。それに気付いたリック料理長が、莉奈をチラッと見た。

「後がけ」

と莉奈が片付けながら言えば「なるほど」と、リック料理長が手伝いながら笑った。莉奈が忘れる訳ないかと。

「「「よっしゃあぁぁーーっ‼」」」

こちらの片付けがちょうど終わった頃《ころ》、玉ねぎスライスの競争をしていた三チームの勝敗が決まった様だ。

さて、どこのチームが勝ったのやら。

「お前がよそ見なんかしてるから‼」

「え～？　マテウスさんもよそ見してたじゃん」

「俺はちゃんとやってたさ」

「リナばっか見てたよ～」

「リナじゃない、プリンだ‼」

「ほら、見てた～」

「なっ！」

「「二人の責任だよ‼」」

マテウス副料理長とリリアンが揉《も》めていたら、同じチームの人達からブーイングが起きていた。

どうやら、よそ見しまくりの銀海宮チームは負けたらしい。

勝ったのは魔法省の黒狼宮チームだった。隅の方で大人しめにハイタッチしている。

「はいは～い。最下位チームは玉ねぎスライスを焦げ茶色になるまで炒《いた》めてね～」

莉奈はニッコリ笑って罰ゲームのお知らせをした。

今更、何を言おうと負けは負け。最下位は、地獄の玉ねぎ炒めが待っているのだ。

「げっ、そうだった」

「俺、前回も負けて玉ねぎ炒めた気がするんだけど」

「楽に炒められる方法ないのかな？」

「あれば、面倒くさがりのリナがやってんじゃね？」

「「「だよねぇ」」」

負けた皆は諦《あきら》め、ブツブツと言いながら玉ねぎを炒める作業に入った。

最後の言葉は少し失礼な気がするけど、確かに面倒くさいから楽な方法があればイイよね。

電子レンジとか、炒める機械があったら便利だけど、さすがにないみたいだし。

「うわ」

玉ねぎを炒める前に、ニンニクとホースラディッシュを入れて貰《もら》おうと声を掛けようとしたら、負けたチームがスープを作る巨大な鍋《なべ》に玉ねぎスライスをドバドバと全部突っ込んでいた。

軍部から、一つ貰ったというあのスープ鍋である。

確かに、小さなフライパンで皆でやる必要はない。一気に何百人分も作れる巨大鍋があるのだから、それでやれば簡単に出来る。それは非常に便利かもしれない。

だけど、それで玉ねぎスライスを炒めるのはどうなんだろう？　と莉奈は微妙な表情をしてしまった。

これが機械でやる工場なら全然アリだ。時間が掛かっても疲れないから。

だって、それは鍋が大きいだけで自動ではなく人力。飴《あめ》色玉ねぎって、玉ねぎの水分を炒めて飛ばし、凝縮させたモノだと思う。

大鍋《おおなべ》にあんな大量の玉ねぎを入れたら、玉ねぎ同士が重なって水分が蒸発するのに時間が掛かる気が……。

結果的に小分けで、皆でやった方が早い気がするし、大きなヘラでずっと炒めるのは苦痛ではないのかな。

まぁ、順番を決めて交代で炒めるのだろうけど、かなりの重労働だなと、他人事《ひとごと》なので莉奈は笑っていた。

「リナ、リナ！　プリン」

「まだまだ、時間が掛かるよ。夕食の時間くらいには出来るから、楽しみに待っててよ」

勝った黒狼宮チームが、キラキラとした瞳で寄って来た。

ご褒美のプリンが待ち遠しい様で、莉奈は苦笑いを返す。

プリンはまだ、蒸してる最中だからね。そこから、粗熱をとってから冷蔵庫で冷やすのだ。

手っ取り早く魔法で冷やすのもアリなんだろうけど、加減を間違えて凍ったら食感が絶対に変わると思う。プリンアイスになってしまうよ。

それでは目的が違うので、お待ち下さいと皆に伝えた。

「「「了解〜！」」」

貰えると分かった黒狼宮チームは大人しく引き下がり、ゾロゾロと昼食を食べに来た王宮の人達に、昼食を出すのであった。

プリンは両方とも冷やすだけとなり、リック料理長に粗熱が取れたら冷蔵庫に入れておいてとお願いしておく。

「さて、玉ねぎが炒まるまで時間が掛かるから、ちょっと一休みしよ」

莉奈は魔法鞄《マジックバッグ》の中から枕を取り出し、よいしょとスライムのゴミ箱の上に乗った。

昨夜は、初めて竜に乗れたのではしゃぎ過ぎて、眠かったのだ。

この厨房《ちゅうぼう》の忙しい時間の喧騒《けんそう》・空気感は、何も考えずに済むから安心する。

目を瞑《つぶ》るとすぐに眠気が落ちて来た。

「だから、何故《なぜ》、ゴミ箱の上で寝る」

「蓋《ふた》が割れたらどうすんだよ」

「騒がしい厨房でよく寝られるな」

「とうとう枕持参かよ」

「うっわぁ〜。その内にベッドを持って来るんじゃないの？」

「いえてる〜」

「「てか、マジ寝してるし‼」」

スヤスヤと寝息まで聞こえるから、料理人達が呆《あき》れ返《かえ》るのであった。

◇◇◇

昼の忙しい時間が過ぎて厨房が一旦《いったん》落ち着く頃、玉ねぎは綺麗《きれい》な焦げ茶色になっていた。

大鍋で交代しながら炒めていたため、意外と疲れず楽しかったらしい。ただ、一人がサボってしまうと全部焦げちゃうから、リリアンにやらせる時は監視していた様だ。

「綺麗に出来たね」

のんびりと起きて来た莉奈は、早速大鍋を覗《のぞ》いた。

あんなに大量にあった玉ねぎが、半分もない。一人では無理な作業である。

「やっと起きたのかよ」

近くにいた料理人が笑っていた。

「ちょっと寝足りないけど、起きない訳にはいかないからね」

「寝足りないのかよ」

一時間以上も寝れば充分だろうと、料理人達は苦笑いしていた。

「それをどうするんだ?」

リック料理長が興味津々に莉奈の隣に来た。

炒めた玉ねぎをどうすると、カレーとやらになるのかまったく想像が付かない。

「香辛料《スパイス》と炒めるんだけど――」

「だけど？」

「プリンを食べよう」

だって、ちょうどいい感じに冷えただろうし。

莉奈がそう言うと、勝ち組達は莉奈の方に勢いよく顔をグルリと向けた。

やっと、ご褒美だとワクワクしていたのだ。

「上にかけるカラメルを作るから、ちょっと待っ――」

なんとなくカウンターを見たら、ラナ女官長と目がパチリと合った。

侍女のモニカも一緒だ。ものスゴいタイミングで来たなと莉奈は苦笑が漏れた。

「カラメル」

「プリン」

どこから聞いていたのか、ラナ女官長とモニカがニッコリ微笑《ほほえ》んでいた。

笑顔って怖いよね？

「どうしたの？」

莉奈はとりあえず、プリンの事は無視した。

なんだか、一悶着《ひともんちゃく》ありそうな予感しかない。

「ローヤルゼリーとハチミツを買って来たのよ」

「ついでに、侍女達と相談して出し合ったお金で砂糖もね」

ラナ女官長とモニカが、カウンターの上にローヤルゼリーの入った瓶と、ハチミツの入った瓶の木箱をドンと置いた。

その横に、砂糖の入った大きな瓶も。

そう言えば、探して買って来ると言っていたなと、莉奈は思い出す。

「〝美容液〟忘れてなかったんだ」

「忘れる訳がないでしょう⁉」

莉奈が笑って言えば、二人に鼻息荒く返されてしまった。

それもそうか。あんなに張り切っていたのだから。

「こっちのハチミツは、例のカクテル用で皆の分もあげるわよ。こっちのハチミツとローヤルゼリーと砂糖はリナの分」

「ポーションも買って来たわ」

「スゴいね」

ラナ女官長とモニカが仕分けして、莉奈に差し出した。

想像以上に量がある。砂糖はともかくとして、あまり市場に出ないローヤルゼリーは買い占めたのかもしれない。

「これで、美容液は女性の分は出来るわよね？」

「……う、うん」

圧が強いラナ女官長に、若干引きながら莉奈は頷《うなず》いた。

そもそも、ポーションに対してローヤルゼリーは微量だ。パッと見ただけでも問題ないくらいに量はあるだろう。

「で？　プリンって何かしら？」

とラナ女官長。

話のすげ替えは上手《うま》くいかなかったようだ。

バレてしまっては仕方がない。莉奈は苦笑しながら説明する。

「さっき、カボチャプリンと濃厚プリンを作ったんだよ」

「カボチャプリン‼」

「濃厚プリン‼」

「ローヤルゼリーや砂糖、ハチミツも貰った事だし分けてあげる。そこのテーブルに座って待っててよ。今、取り分けるから」

「「やったぁ‼」」

莉奈は厨房の出入り口に近いテーブルで待つように勧めた。

昼食後なので、今食堂には誰《だれ》もいない。

ハチミツを貰う予定の料理人達は、さすがに関係ないとは言えず、席に座る二人を恨めしそうに見ていた。

サクッと作ったカラメルを、氷水で軽く冷やして粗熱をとり、カボチャプリン用と濃厚プリン用で、別々のミルクピッチャーに移しておく。

濃厚プリンは念のためにフライパンを揺らし、くっついていないか確かめた。フッ素樹脂加工のフライパンではないが、揺らすと動いたので余りくっつかずに出来た様だ。

なので、大皿をフライパンに被《かぶ》せた後、ダイナミックにひっくり返すとチーズケーキのように濃厚なプリンの出来上がりだ。

これは、揺らしてもプルンとはならない。ケーキみたいにナイフで取り分けられるくらいに、濃厚なのである。

「ナイフで切り分けられるんだな」

リック料理長が横で興味深げに見ていた。

莉奈がナイフで切っても、まったく崩れないのだ。

「それくらい濃厚って事。カボチャのプリンは器ごと食べられるよ」

そのために、皮は丁寧に洗って硬い部分は少し削《そ》いで、柔らかく蒸しておいたのだ。

まぁ、外側の皮は無理して食べる必要はないけれど。

「ダイナミックなプリンだな」

マテウス副料理長も背後から見ていた。

負けたから目は死んでるけど。

「リックさんと、マテウスさんもあっちで、ラナ達と一緒に味見しなよ」

「「え⁉」」

莉奈がラナ女官長達の席に二人を促せば、リック料理長とマテウス副料理長は一瞬驚き、すぐに口が緩んでいた。

「その代わり砂糖あげるから、ハチミツをくれた侍女達にプリンを作ってあげて。練習にもなると思うよ？　だから、二つのプリンがどんなモノか、ラナ達と一緒にどうぞ」

まぁ、実際には味見なんか必要ないかもしれないけどね。

だって、このプリンの作り方に難しい事はないから、二人は味見なんかしなくてもすぐに作れるハズ。

でも、味を知らないより知っていた方がいいだろう。

ついでに復習と練習も兼ねて、ハチミツをくれた侍女達に作ってあげたらいいと、莉奈は提案する。

リック料理長とマテウス副料理長は顔を見合わせ、喜んでいた。

いた……が、負けたチームからは剣呑《けんのん》な視線が向けられる。

リック料理長は、砂糖やハチミツをくれたラナ女官長の旦那《だんな》様なので許す。だが、マテウス副料理長がよそ見をして負けたのだ。銀海宮チームから、ものスゴい視線が突き刺さっていた。

マテウス副料理長は、その異様な視線に気付き莉奈の背に隠れた。

まぁ、確かにズルいかもしれないなと、思った莉奈は皆に提案する。

「ビーズ・キッスのカクテルをあげなきゃイイんじゃない？」

「なっ」

ハチミツを貰《もら》ってから厨房の皆に作る予定だったので、まだ作ってないし飲んでない。なら、マテウス副料理長は、そちらを飲めなくすれば相殺で良いかなと。

莉奈がそう提案すれば、背後から絶句し息をのむ声が聞こえた。

しかし、負けたチームの溜飲《りゅういん》は下がった。

「……」

背後にいたマテウス副料理長は何か言いたげだったけど、皆の雰囲気を読み反論を諦《あきら》め、すごすごと食堂に向かった。ハチミツくらい自分で用意して作ればいいかなと、考えた様だ。

「あ」

「「……っ」」

莉奈の〝あ〟で、リック料理長達がビクリとしていた。

プリンの前に何があるのかと構える。

「お酒で思い出したけど……さっき、苺《いちご》ワインとククベリーワインを作ったから、ラナ、モニカ、夕食時に侍女達皆で飲んでみて？」

砂糖とハチミツのお礼だと伝えた。

たぶん、夕食時までには出来ていると思う。忘れない内に伝えておかないと、飲む前に傷んじゃうからね。

「苺ワイン‼」

「ククベリーワイン‼　何ソレ⁉」

ラナ女官長とモニカがさらに嬉《うれ》しそうな表情をしていた。

「フレーバードワインだよ」

「「フレーバードワイン‼」」

二人とも、実に嬉しそうに顔を見合わせていた。

甘味もお酒もイケる口だなんて、実に羨《うらや》ましい。

「んじゃ、ワインは夕食の楽しみに、まずはカボチャ――」

プリンをテーブルに並べ、リック料理長達に勧めようと促した瞬間、キラッと可愛《かわい》い瞳《ひとみ》をしたエギエディルス皇子と目がバチリと合った。

誰かに用でもあるのか、食堂の出入り口にいたのだ。

「なんだ、それ‼」

プリンにロックオンしたエギエディルス皇子は、足早に歩み寄って来た。

こういう時に走らないのが、莉奈と皇子の違いだろう。

「新作のプリンだよ。シュゼル殿下はまだ陛下の執務室にいるの？」

「いるよ」

「なら、皆でオヤツにしようか？」

「する‼」

ちょうど一五時くらいの時間だ。オヤツにはもってこいだ。

フェリクス王向けには、とりあえず何か魔法鞄《マジックバッグ》に入っている食べ物でいいかなと考えた。食べるかも分からないし、今から作るのは時間がかかるし、待ってるエギエディルス皇子が可哀想《かわいそう》だもん。

ラナ女官長達に二種類のプリンを出し、莉奈は食堂を後にした。

「エド、なんか用があったんじゃないの？」

誰かに用があって来たハズなのに、自分に付いて来るから笑ってしまった。

「あ？　あぁ、お前に用があっただけだし」

「私に？」

エギエディルス皇子は魔法鞄《マジックバッグ》をゴソゴソとあさっていた。

何か渡す物でもあるのかなと、莉奈が注目していると、エギエディルス皇子は最近見た物に似た何かを取り出した。

「お前にコレをやろうと思ってな」

「なんだコレ？」

エギエディルス皇子が取り出して見せたのは、手の平くらいの大きさのエノキ茸であった。

いや、正確にはエノキ茸みたいなモノであって、エノキではない。

「なんだと思う？」

エギエディルス皇子が意味深に笑った。

莉奈はなんだろうと思いながら受け取り、角度を変え質感を見て、なんか似たようなモノを見た事があると感じた。

「あ、え？　これって、まさか脱皮⁉」

そうなのだ。

質感は、フェリクス王から貰った首のトゲの脱皮の皮に似ていたのだ。だから、コレも脱皮の皮なのだろう。

ただ、どの部分か分からない。

「良く分かったな。それ、昨日《きのう》屋上に転がってたから持って来た」

「え？　いいの⁉　だって、エドの竜のでしょう？　エドが貰った方が」

屋上と言うのだから、エギエディルス皇子の番《つがい》の竜に違いない。

しかし、くれるのはものスゴく嬉しいけど、さすがの莉奈も遠慮していた。

成長が早い竜は、個体により半年程で成体になると聞いた覚えがある。

竜騎士団の竜は勿論《もちろん》成体だし、莉奈の竜も成体だ。幼い頃《ころ》の脱皮の皮なんて希少だろう。

なら、番であるエギエディルス皇子が持っていた方がと、莉奈は思ったのである。

「脱皮の皮なんかいらねぇよ」

念願の竜とはいえ、脱皮の皮を部屋に飾りたいとは思わない。

それに、一つくらいあげてもエギエディルス皇子の竜は幼体なので、まだまだ脱皮を繰り返す。手にも入り易いのだ。

コレを上手《うま》く加工して武具にしてもいいが、エギエディルス皇子自身はさほど興味はなかったので、莉奈にあげたいなと考えたのだ。

「えぇ〜貴重なのに」

「お前、ちなみにこの皮、どこの部分だか分かってるのかよ?」

「え?　どこだろう?」

エギエディルス皇子にそんな事を言われ、こんなエノキ茸みたいなモノの部位が竜にあったかな?　と莉奈は首を傾《かし》げた。

首のトゲは、仔竜だろうと成体だろうとフェリクス王がくれたみたいな、三角コーンの形をしているハズ。でも、身体《からだ》のなら鱗《うろこ》の模様が出ると思う。

良く見たら、キノコの傘の部分の天辺《てっぺん》はポッコリと凹んでいて、真ん中に穴が開いている。柄の部分の中は筒みたいに空洞なので、覗《のぞ》くと向こう側にエギエディルス皇子が見えた。

エノキえのきエノキ……まったく分からない。

莉奈の悩んでいる様子に、エギエディルス皇子は小さく笑っていた。

そのエノキ茸モドキの穴から莉奈は覗き、反対側に見えるエギエディルス皇子にどこの部分だと問う。

「〝鼻〟だよ」

「鼻ぁ～⁉」

莉奈は予想もしていなかった答えに驚愕《きようがく》した。

そして、答えを聞いてもまったく想像出来なかった。鼻の脱皮が何故《なぜ》、エノキ茸みたいなのか。

それを見越した様にエギエディルス皇子が説明してくれた。

「丸い頭の部分が鼻の穴の先、細長い部分が鼻の穴の中の部分になるんだよ」

「えぇぇぇぇーーっ⁉　鼻の中も脱皮すんの⁉」

外皮オンリーだと思っていた莉奈は、驚きを隠せなかった。

なるほど、だから空洞なのか。

……という事は、莉奈が持っているエノキ茸の柄の部分は、鼻の穴に入っていたモノである。

「するんだよ。面白いだろ？」

「エノキみたいで面白い」

でも、なんか汚いなと微妙な表情をしてしまった。

「微妙な顔すんな。ちゃんと浄化魔法を掛けてある」

莉奈が何を考えていたのか分かったのか、エギエディルス皇子は部位が部位だから、しっかり〝浄化魔法〟を掛けておいたと笑っていた。

「エノキくれるの？」

と莉奈が、鼻の穴の脱皮の皮をクルクルと回せば、エギエディルス皇子は複雑な表情をしていた。

「エノキ……お前なぁエノキエノキって言うなよ。俺まで、もうデカいエノキにしか見えなくなるだろ」

莉奈がエノキエノキと言うから、脱皮の皮なのにエギエディルス皇子も、もはやエノキ茸にしか見えなくなってしまったのであった。

第3章　ほっこり、王兄弟

オヤツ休憩にしましょうと、フェリクス王の執務室に戻れば、職務中のシュゼル皇子の表情がパッと花開いた。

フェリクス王は無表情だったけど。

早速、莉奈《りな》はカボチャプリンと濃厚プリンをナイフで切り、エギエディルス皇子とシュゼル皇子、そして執事長イベールに取り分け始める。

「カボチャプリン」

「濃厚プリン」

エギエディルス皇子とシュゼル皇子は、見えないシッポをフリフリし大人しく待っていた。

執事長イベールは無表情……にしか見えないけど、口が微妙に綻《ほころ》んでいるような気がする。

フェリクス王はプリンを見た途端、顰《しか》めっ面《つら》に変わったけどね。

「このプリンはぷるんとしていないんですね？」

取り分けた濃厚プリンをフォークで突っついたシュゼル皇子。

たまにデザートに出るプリンは、フルフルと震えるくらい柔らかいなと思い出したのだ。

「ん、うっま‼　すっげぇプリンの味が濃厚」

外見より味が気になったエギエディルス皇子は、先に濃厚なプリンを頬張《ほおば》り嬉しそうな声を上げる。

それを見てシュゼル皇子も口に運んだ。

「んん〜っ。こちらのカボチャのプリンはカボチャの優しい甘さが堪《たま》らなく美味《おい》しい。カボチャを使っているから、まるで甘い前菜……はぁ、こちらはこちらで濃厚で、デザート。あぁ、どちらも美味しい」

プリンが前菜とか……どうかしている。

この人、黙っていたら前菜からデザートまで、甘味のフルコースで食事を終わらせるに違いない。

まぁ、何はともあれプリンとカボチャの組み合わせが、気に入ったみたいで良かった良かった。

弟達がニコニコと嬉しそうに頬張る横で、フェリクス王は渋面だった。

プリンが甘いと簡単に想像出来て、気分が悪い様である。

「あ？」

何も出さないのも……と思って、莉奈が魔法鞄《マジックバッグ》からそれを取り出せば、フェリクス王はこちらをチラッと見た。

「宜しければ、お米で作ったガーリックライスをどうぞ」

自分の昼食用から少し取り分けておいたモノだ。

勿論、カリッと焼いた鶏肉《とりにく》も載っている。

莉奈が取り出した途端、プリンに夢中だったエギエディルス皇子とシュゼル皇子もそちらを見た。

執事長イベールは目線だけ動かしていたけど。

「米か」

「夕食にもお米が出ますので、味見程度に」

まぁ、夕食はガーリックライスではないけど。

フェリクス王に出しながら、莉奈は夕食のご飯に思いを馳《は》せた。カレーにはサフランライスか、バターライスでもいいなと。

そんな莉奈の目の前で、仲良し王兄弟の攻防が始まっていた。

「あ、なんだ、その鶏肉カリカリしててすげぇ旨《うま》そう‼　一つくれ」

カラッと揚がった鶏肉が目に付いたのか、エギエディルス皇子が兄王の皿にスプーンを伸ばした。

他人が食べている物程、美味しそうな物はない。それも、大好物のからあげに似た鶏肉料理だ。

皮はタヌキ色で、パッと見ただけでもパリパリしてそうで、思わず喉《のど》がゴクリと動いた様だ。

そんな末弟をチラッと見てフェリクス王は、皿を引き寄せこう言った。

「お子様は黙って、プリンだけ食ってろ」

「なっ‼　子供扱いすんじゃやねぇよ‼」

エギエディルス皇子が、頬《ほお》を膨らませて猛抗議していた。

「ふふっ。エディはまだまだ可愛《かわい》い子供ですからね？」

「なんだ、この手は」

「私は子供ではないですよ？」

シュゼル皇子は、末弟ににこやかに話し掛けつつ、兄王の皿にスプーンを伸ばした。

子供ではないからくれと。

だが、フェリクス王はソレを見なかった事にして、皿を持ち上げカリッと焼いた鶏肉をスプーンで掬《すく》い口に入れた。


——パリパリパリ。

静かな執務室には、鶏肉の焼けた香ばしい匂《にお》いと、フェリクス王が鶏皮を噛《か》む音が心地《ここち》よい音色の様に響く。

あぁ……なんで、他人のモノって美味しそうに感じるんだろう。

さっき同じ物を食べたハズの莉奈も、思わず生唾《なまつば》を飲み込んでいた。

「フェル兄」

「……」

「兄上」

「……」

る。


「「兄上〜っ」」

「うるせぇ」

普段兄上なんて呼ばないエギエディルス皇子まで、〝兄上〟なんて媚《こ》びを売る様な表情をしている。

だが、そんな二人の弟に強請《ねだ》られても動じないのがフェリクス王だ。ウルウルと瞳《ひとみ》を潤ませてい弟達を横目に、最後の一口を口に放り込んだ「「あぁぁ〜っ」」

残念そうな弟皇子達の声が聞こえた。

莉奈は、仲良し過ぎる王達に思わず笑いが漏れた。なんか、ものスゴくほっこりする。

兄王が全部食べたと、エギエディルス皇子が莉奈に訴えていた。

「リ〜ナ〜」

強請る様に瞳をうるうるさせているエドくんは本当に可愛い。

「夕食の時にカレーと一緒に出してあげ……も、もちろんシュゼル殿下も」

「ありがとうございます」

エギエディルス皇子に言っていたら、横から強い視線を感じ、そう言わざるを得なかった。

シュゼル皇子も、良く食べる様になったよね。

甘い物が多いのは難点だけど、何も食べないよりはイイかな。放っておくとポーションしか口にしないし。

そんな和やかな王兄弟を見て、ピザの時に〝カルツォーネ〟を出し忘れたなと思い出す莉奈だった。

◇◇◇

厨房《ちゆうぼう》に戻ると、食堂の片隅でラナ女官長と侍女のモニカがまったりしている姿が見えた。

今日は早番なのか半休なのか、仕事には戻らない様だ。

「あ、リナ。プリンすごく美味しかったわよ」

「カボチャもプリンになるのね。皮まで美味しかった」

ラナ女官長とモニカが嬉《うれ》しそうにお礼と感想を言ってくれた。

気に入ってくれた様で何よりだ。

もしかしなくても、お礼を言うために二人は律儀にも待っていてくれたのかなと、莉奈は思った。

「リナー。あの玉ねぎどうすりゃイイ？」

ラナ女官長と話をしていると、厨房から声が掛かった。

「あ、忘れるところだった」

やる事がたくさんあると、何か忘れるよね。

莉奈は言われて、カレーの事を思い出したのだった。

「なんで忘れるかな～」

その返答には、皆が笑っていた。

「えっと、何をするんだっけ？」

飴色《あめいろ》になった玉ねぎの前で、莉奈は大きく首を傾《かし》げた。

一旦《いったん》休憩したり違う事をしたりすると、作業がどこまでだったかスッポリ頭から抜ける。

その様子に、リック料理長が隣で笑っていた。

「カレーとやらを作るんだろう？」

「いや、まぁ、そうなんだけど、香辛料《スパイス》は何を入れるんだっけ？　タバ、タバ……」

「タバ？」

「あ、違う。カレーは〝タコミン〟。ターメリック、コリアンダー……クミンで、タコミンだ」

「ぷっ！　タコ……ミン」

「カレーはタコミンって、なんだよ」

「どんな覚え方だよ」

近くで聞いていた料理人が、笑ったり思わずツッコミを入れていた。

相変わらず、莉奈は面白い事を言う。

〝タコミン〟なんて今言われたら、きっとカレーを作るたびに思い出しそうだ。

「あ」

「「「あ？」」」

今度は何なのだと、皆は莉奈の言動から目が離せなかった。

「その前にトマトを入れて炒《いた》めるんだった」

香辛料《スパイス》を魔法鞄《マジックバッグ》から取り出そうとした莉奈は、肝心なモノを入れていない事に気付いた。

玉ねぎやニンニクを炒めただけではダメだったのだ。

「え？　トマトも入れんの？」

「丸ごと？　それとも切るの？」

何にどう使うかも大量か少量かも知らないが、入れるのなら手伝おうかと料理人達が訊《き》いた。

「ザックリ切る」

どうせ炒めれば潰《つぶ》れて、跡形もなくなるし。

一口大くらいにザックリとでイイと、皆に説明する。

「いくつ切る？」

まぁ、次の疑問はそうくるよね。

莉奈は、玉ねぎをいくつ切って貰《もら》ったかな？　と思い出しながら口にした。

「えっと、玉ねぎと同じ数？」

「「「え⁇」」」

「玉ねぎと同じ数」

「「「……えぇーーーーっ⁉」」」

一瞬、思考停止した料理人達が、数の多さに再び悲鳴を上げた。

玉ねぎ地獄から解放されたと思ったら、次はトマト地獄だった。スライスと炒めるコンボではないだけ、ありがたいのかもしれないが、大変な作業だなと空笑いが漏れていた。

「美味《おい》しい物は、手間暇が掛かるんだよ」

と莉奈が笑えば、料理人達は諦《あきら》めた様に肩をガックリと落としたのであった。

◇◇◇

「お腹《なか》がぷくぷくしてきた皆さんは〜、今日も元気に味見する〜、ポチャポチャ〜ぷくぷくぷく〜ランランラン」

「「「………………」」」

大鍋《おおなべ》にある飴《あめ》色玉ねぎに、ザックリ切ったトマトを投入した莉奈は、大きな木ベラを使って楽しそうに炒めていた。

その自作らしい歌がまた、料理人達の心に響い……たりはせず、刺さった。いや、抉《えぐ》りに抉った。

皆の太ましくなってきたお腹に、互いの顔を見合わせる事はなく腹を見て、お前もかと悲しい笑いが漏れる。

基本的に、莉奈は食べたい食べ物を、食べたい時に好きな様に作っている。となれば、ガッツリ系ハイカロリーが多い訳で……。

リック料理長を筆頭に、順調にお腹周りが太ましく育っていた。

「耳が痛い」

「やる気が出ない」

「お腹が痛い」

「「「リナ～、ヤメて～‼」」」

莉奈の自作曲がものスゴく不評を買ったのは、言うまでもなかった。

しかし、カレーの素であるこの炒める作業。玉ねぎ炒めもツライけど、トマトを入れてからもツライ。

トマトの水分が飛んで、ペースト状になるまで炒めるのだけど……人力はかなりエグいなと莉奈はボヤいていた。

「腕が地味に疲れる」

だがこれは、ある意味ダイエットにイイかも。

なんて、莉奈が呟《つぶや》けば……太ましく育っている女子達が、こぞって交代をかって出た。

おかげで、莉奈に順番が回る事はなくなった。

「リナ〜、こんな感じでどう?」

料理人に呼ばれて見に行けば、トマトの水分はかなりなくなり、ねっとりペースト状になっていた。

「うん、イイ感じ」

なら、次の作業に移ろうと鼻と口をスカーフで隠す様にして、頭の後ろで縛った。

「え?」

「何してるの?」

「悪リナだ」

途端に料理人達から、不審な表情でチラチラと見られた。

また、何かやらかすつもりなのかと、構えている料理人もいる。全くもって失礼である。

莉奈は、そんな料理人達を横目に、ターメリック、コリアンダー、クミンの三種類の香辛料《スパイス》プラス、塩をドバドバと投入する。

「ブヘッ‼」

「ゴホッゴホッ」

気になって見に来た料理人達が、もれなく咽《む》せた。

それもそうだ。何キロとある香辛料《スパイス》を大量投入すれば、粉は舞い上がる訳で、粘膜を刺激しまくりだ。

だから莉奈は、出来るだけ入らない様にスカーフで塞《ふさ》いだのである。

「粉を入れるなら先に言ってよぉ～」

一番間近で見ていたリリアンが涙目になっていた。

確かにカレーに香辛料《スパイス》は大量に入れるから、ものスゴく舞い上がる。吸い込み過ぎれば、呼吸困難にもなるから気を付けた方が良いよね。

「粉を入れたよ～」

「「「まさかの事後報告‼」」」

料理人達は、ツッコミを入れながら莉奈から離れて行った。

「しかし、スゴい匂《にお》いだね。なんか、こう不思議な？」

リック料理長が鼻をスンスンとさせながら、莉奈の様子を見に来た。

カレーの匂いって堪《たま》らないよね？

例えようのない独特なスパイシーな香り。店先や近隣の住宅から香ってくると、何故か無性に食べたくなる不思議な香りだ。

その香辛料《スパイス》を、これだけ大量に炒めれば、厨房のみならず食堂や王宮にカレーの匂いが充満している事だろう。

◇◇◇

「え？　何だ。この匂《にお》い」

「香辛料っぽいけど……」

「嗅《か》いだ事のない不思議な匂いだな」

「どこから匂うんだ？」

「厨房じゃない？」

「「「あ〜、じゃあリナだ」」」

カレー独特のスパイシーな香りは、徐々に広がっていた。

銀海宮《ぎんかいきゅう》で働く者達の鼻は、匂いの原因は何だろうか？　とフル活動している。そして、もれる事なく原因の先に莉奈がいると確信して、納得しているのだった。

これだけ匂えば、ゆっくりゆっくりと王宮中に広まる。

広まれば、当然、とある部屋にも匂いは漏れていった。


「ん？　なんか匂わねぇ？」

執務室で、二人の兄と仲良く職務に励んでいたエギエディルス皇子は、部屋をキョロキョロし鼻をスンスンさせた。

銀海宮の最上階にあるフェリクス王の執務室にも、微《かす》かに嗅いだ事のないスパイシーな香りがしてきたのだ。

毒ガス的なモノではないと分かるが、なら何かと言われたら答えが出ない。

「そうですね〜」

シュゼル皇子は、紅茶を口にしながらほのほのとしていた。

人体に害がないのなら、慌てる必要はないからだ。

「なんだ、この匂いは」

書類を見る手を止め、眉《まゆ》を寄せたフェリクス王。

嫌いな匂いではないが、初めて嗅ぐ香り。一体、どこから匂うのだと考えた時、チラリと莉奈の顔が頭を過《よぎ》った。

「どうせ、リナでしょう」

見てもいないのに、執事長イベールが無表情に言った。

この王宮で何かが起きれば、大抵その中心には莉奈がいる。だから、匂いの原因も彼女しかいないと、執事長イベールは断言していた。

「「だろうな」」

「でしょうね」

フェリクス王兄弟も、薄々そう思っていたのか即座に肯定した。

むしろ、今までこんな匂いがした事がなかったのだから、莉奈以外の人物を想像出来ない。

想定外な事＝莉奈である。

「黒狼宮《こくろうきゅう》から香辛料《スパイス》を貰って、カレーなるモノを作ってくれると言ってましたから、その匂いなのでしょう」

楽しみですねと、シュゼル皇子。

終わらせた書類を、トントンと端を揃え片付けていた。

「食い物だよな？」

初めて嗅ぐ香りに、エギエディルス皇子は思わず呟いた。

莉奈が作ってくれる料理は、どれも新鮮でワクワクして美味《おい》しい。

だが、今日の夕食は？　こんな匂いを出す料理はどうなんだろうと、疑問が湧《わ》く。

「もちろん、そうですよ。確か、香辛料《スパイス》の効いたスープだと言ってましたよ」

シュゼル皇子は小さく笑いながら、匂いから味を想像していた。

しかし、考えたところで全く答えは出なかった。

「香辛料《スパイス》。なら、白ワイン」

フェリクス王は匂いから、それに合うお酒を頭の中で選び始めている様だった。

執務室では知らずのうちに、王兄弟のお腹《なか》や頭は夕食モードになっていたのであった。

◇◇◇

「ヨシ、これで〝カレーの素《ルウ》〟の出来上がり‼」

莉奈は一旦《いったん》、大鍋の火を止めた。

香辛料《スパイス》を入れた後は、そんなに炒《いた》めないからあっという間に出来上がった。

まぁ、出来上がりと言ったところで、やっとカレーの素が出来ただけで、カレーではないけど。

「出来たのか？」

「え？　この茶色の何かがカレー？」

「何コレ」

出来上がりなんて言ったものだから、料理人達が完成だと思ってチラッと覗《のぞ》きに来ていた。

「カレーの素」

「「「カレーの素？」」」

「クリームシチューでいうところの、ホワイトソース的なモノ」

ここから、色々足してカレーが出来るんだけど、カレーの素なんて言っても分からないだろう。

だから、近いモノで説明をしたのだが、半分くらいしか理解していない様だった。

「と、いう事は……まだ完成してないんだな？」

「だね」

「ここまで時間を割いて、未完。カレーも大変だな」

理解出来たマテウス副料理長が、苦笑いしていた。

玉ねぎのスライスから始まり、それを飴色《あめいろ》にするまで小一時間。そこから、まだまだ工程があるらしい。

オニオンスープの時も大変だったが、これもまた大変だなと思った。

「う～ん。何カレーにしよう？」

豊富にある種類から、莉奈は何カレーにしようか首を捻《ひね》っていた。

甘口辛口に分けて作るのは面倒なので、そこは後がけのカイエンペッパーで各々補うとする。

エギエディルス皇子が海老が好きだから、海老は添えるとして……初めてのカレーだから、とっつき易い味にしたい。

でも、せっかくだから色んな味を作りたいなと悩んでいた。

「何か手伝う事は？」

莉奈の作る料理は、アレンジが加わり、種類が増えるのは常識となっていたので、リック料理長は手伝いが必要かと訊《き》いた。

「カレーは〝ナン〟に付けても美味しいから、ナンを焼く？　後はご飯と食べても美味しいよ？」

バゲットでもイイけど、やっぱりナンかご飯でしょう。

莉奈は、このカレーを何に付けて食べるか説明した。

「ナンとご飯か」

リック料理長は頷《うなず》くと、早速手の空いている人達にナンを作るか、ご飯を炊くように取り掛からせていた。

「はい、味見」

「「え？」」

リック料理長とマテウス副料理長の前に、莉奈は味見用に小皿を出した。

味と言ってもこのままだと濃いので、小鍋《なべ》でカレーの素をコンソメスープで軽く薄めて、渡したのである。

「まだ出来上がりじゃないけど、基本を知っておけば、応用が出来るでしょ？」

残りは他の皆に渡す。

高級素材（主に砂糖）を一切使わないので、皆で少しだけ味見をしてもらう事にしたのだ。

「ん‼　なんだコレは⁉」

恐る恐るリック料理長が一番に口にすれば、次々と皆も口にし始めた。

「うわっ。鼻に抜ける香辛料の香りが凄《すご》いな」

「なんだろう？　食べた事のない不思議な味」

「初めて食べる味がする」

「『でも、なんか美味しい』」

厨房《ちゆうぼう》が、初めて食べるスパイシーなスープに騒ついていた。

目新しい味に驚愕《きようがく》しつつも、美味しいと笑顔が漏れる。概《おおむ》ね好感触だなと、莉奈はホッと一安心していた。

一応、苦手な人もいるだろうからと、代わりのスープ作りはお願いしておく。

「とりあえず、カレーの素は半々にして……まずはバターチキンカレーを作ろう」

莉奈は、大鍋《おおなべ》に半分くらいを残し、後は寸胴鍋《ずんどうなべ》に移した。

口当たりの優しい、バターチキンカレーをメインにする事にしたのだ。

これなら、バターが香辛料のトゲをまろやかにするし甘みも出るから、エギエディルス皇子の口にも合うだろう。

少し牛乳多めで、まろやかに仕上げようと考える。

「バターチキンカレー……と、いう事は鶏肉《とりにく》だな」

味見を終えたリック料理長が、ロックバードの肉を用意し始めた。

鶏肉＝ロックバードって、以前なら考えられなかった事だ。それが普通になるなんて、異世界の適応は早い。

「焼いてから入れるのか？」

ロックバードの肉を一口大に切ってきてくれたリック料理長が、訊いてきた。

大きくて平たいステンレスバットに、ロックバードの肉が山盛りに載っていると、ものスゴい迫力がある。

初めて見た時は、その量に圧巻だったけど、毎日見てれば慣れるから慣れって怖い。

「そのままでも構わないけど、オーブンとかで少し表面に焼き色を付けてから入れると、香ばしさが出て美味《おい》しい」

「ヨシ、なら焼こう」

莉奈が提案をすれば、リック料理長はオーブンで焼き色を付ける事にした様だった。

「さてと……バターチキンカレーはここに、水、生クリーム、バターを入れて作るんだけど……」

莉奈はそう言いながら、皆をチラッと見た。

「作るんだけど？」

何も知らない料理人達は、莉奈を見つめた。

「ふくよかな人達が多くなってきたから、脂肪分の多い生クリームの代わりにクリームチーズと牛乳で代用しようか？」

莉奈はぷぷっとわざと笑いを漏らす。

変えた所で微々たる抵抗だし、大したカロリーオフにはならないが、塵《ちり》も積もればである。

一応皆に訊いてみようかなと莉奈は思ったのだ。

「「「……」」」

莉奈がそう言った瞬間、全員が頬《ほお》を引《ひ》き攣《つ》らせ、自分の身体《からだ》と向き合っていた。

元から運動量の多い近衛師団兵は勿論《もちろん》、警備兵達はむしろ莉奈の作る食事のおかげで筋力が付いたらしい。

だが、運動量が圧倒的に足りない料理人達の一部は、筋肉量が増える事はなく代わりに脂肪が増えたのだ。

食べる楽しさも相まって、味見と称して食べる量も多いからプクプクとしてきたなと、莉奈はほくそ笑む。

「代用すると痩《や》せるの？」

おずおずと女性の料理人が訊いてきた。

莉奈のピーク程ではないが、お腹周りが気になり始めたらしい。

「痩せないよ。小さな抵抗」

なんで痩せると思うかな？

いや、そう思いたいだけなのだろうと、莉奈は笑った。

「なら、いいや」

既に諦《あきら》めた様だった。

ならばと、莉奈は基本のバターチキンカレーに取り掛かる。

勿論、水も入れるけど、小さな抵抗であるカロリーオフなど考えないで、バターと生クリームをカレーの素にたっぷり入れて混ぜ込んだ。

そこへ、焼き色を付けたロックバードの肉を、流れ出ていた脂ごとドバッと豪快に入れる。

それを軽く混ぜて数分煮れば、バターチキンカレーの出来上がりである。

「うん、上出来」

小皿で味見をした莉奈は、出来たバターチキンカレーの味に満足した。

久々だった上に、一〇〇人分をいっぺんになんて初めてだったから、どうなる事かと思ったが、杞憂《きゆう》だった。むしろ、たくさんの量だから旨味《うまみ》たっぷりである。

「これが、バターチキンカレーか」

リック料理長がマジマジと見て、頷いていた。

手を大鍋に振り、香りを堪能している。初めての香りだけど、気に入ってくれた様だ。

「もう一種類カボチャのカレーを作る予定なんだけど、そっちには野菜をたっぷり添えたいから、色んな野菜を素揚げしてくれるかな？」

「混ぜるんじゃなくて、添えるんだな？」

「うん。で、カボチャのカレー用にカボチャを蒸して欲しい」

食料庫にカボチャが大量にあったから、使わない手はない。

今日はカボチャのプリンにカボチャのカレーで、カボチャ尽くしである。

「さっきみたいに器にするのか？」

「え？　器？　あ、そっか、器にしてもイイね。なら、コレも豪快に器にしちゃおう」

マテウス副料理長が冗談で言った提案に、莉奈は乗っかってみた。

マテウス副料理長はまさか乗ってくるとは思わなかったのか、目を丸くしていたが面白そうだと用意をし始めていた。

「カボチャを丸ごと器にして、皆で取り分けるのも楽しいよね」

鍋を囲むみたいで、皆で食べるのは楽しいと莉奈は笑った。

――のだが。

「取り合い」

「奪い合い」

「骨肉の争い」

量が多いだの少ないだの、互いに牽制《けんせい》し合いながら、小さな争いが勃発《ぼっぱつ》するに違いないと、料理人達は莉奈とは違う意味で笑っていた。

莉奈はそれを聞きながら、器にしないのも作ろうと苦笑いするのであった。

カレーの素があるから、カボチャカレーも簡単に出来る。

水と生クリーム、蒸し上がったカボチャを入れて、カボチャを潰《つぶ》しながら混ぜれば簡単カボチャカレーである。

「それを、くり抜いたカボチャに入れるのか」

リック料理長が手伝いながら、訊いてきた。

「うん。そんで、素揚げにしてくれた野菜も入れて、その上からチーズをたっぷり載せる。で、オーブンでチーズに焼き色をつければ、丸ごとカボチャカレーの出来上がり」

莉奈はドスンと大皿に載せた。

こんなの家では、ハロウィンパーティーの時くらいしか作らないよ。

焼けたチーズがフツフツといっていて、スゴく美味しそうに出来た。

「カボチャを丸ごと使うと、豪快だな」

「カレーにチーズか。溶けたチーズが堪《たま》らん」

リック料理長とマテウス副料理長が、ゴクリと生唾《なまつば》を飲み込んでいた。

「カレーは色んなトッピングを楽しむ料理でもあるよね。カリカリに揚げたスライスニンニクや玉ねぎ、半熟卵。ハンバーグを載せてハンバーグカレーも美味しい。チキンカツカレー、からあげ……」

「リナ、やめて〜」

「面倒くさいけど、トッピングしたくなる〜」

料理人達が耳を塞《ふさ》いでいた。

ただでさえ、ハンバーグやチキンカツは美味しいのに、トッピングにするなんて堪らないと唸《うな》っている。

「まぁ、今日は普通のカレーにしたら？　トッピングとかはまた今度で」

「「「そうする‼」」」

莉奈が苦笑いしていたら、料理人達は大きく楽しそうに頷いていた。

慣れてから、追加で何かトッピングしようと決めたみたいだ。


「リナ。今日はものスゴく作るな」

莉奈がまだ、何かを作る仕草を見せたので、リック料理長達が驚いていた。

面倒くさがりの莉奈が、たまに本気モードを見せるのだが、今がその時だった。

「だって、香辛料《スパイス》の効いたカレーのお供には〝ラッシー〟でしょう？」

「「「〝ラッシー〟⁇」」」

莉奈が材料を準備しながらそう言えば、料理人達は眉《まゆ》を寄せていた。

莉奈の言うラッシーが何なのか、全く分からないからである。

作業をし始める莉奈を横目に、皆は自由に想像する。

「何、ラッシーって？」

「誰かの名前か⁇」

「名前だとして料理に関係ないよね？」

「あ！　カクテルじゃない⁉」

「「「カクテルだ‼」」」

「ブッブーーッ」

好き勝手に言っていた料理人達の意見に、莉奈は不正解だと口にした。

結局、自分達の食べたい飲みたい願望が漏れただけだし。

「ブッブーー？」

「ブッブーーって何だ？」

「料理名？」

莉奈が口にしたその擬音に、疑問の声が上がった。

あ〜、そうだった。

クイズの正解音〝ピンポーン〟が通じない世界で、不正解の擬音である〝ブッブーーッ〟なんて通じる訳がない。つい、いらん事を言ってしまった。

そのせいで、なんだなんだ？　と皆の視線が莉奈に集まっていた。

「問題に不正解だと、私の世界ではブッブーーッと鳴るんだよ」

もはや説明の仕方が分からない莉奈は適当に答えた。

どうしてこう上手《うま》く説明が出来ないのだろうか？　と莉奈は自分の能力のなさを嘆いた。

「え？　どこから？」

「いやぁぁぁ〜っ‼　絶対にまた棺桶《かんおけ》からだ‼」

「そうだ！　リナの世界じゃ、皆棺桶で生活してるんだった‼」

「違うわよ。窓ガラスに幽霊とか人影が映って〝ブッブーーッ〟って」

「「「いやぁぁァァーーッ‼」」」

〝ピンポーン〟の時に続き、二度目の阿鼻叫喚《あびきょうかん》であった。

莉奈の方が、いやぁー‼　と叫びたい。

どうしてそうなってしまうのかな？

もはや、どう弁解しようが莉奈の国では、人は皆、何故か棺桶で生活している事になってしまった。

そして、問題に正解したり、逆に不正解だったりすると、窓ガラスに人影が映るらしい。

……そんなホラー映画の様な世界に、自分も帰りたくない。

莉奈は、自分の世界の暮らしが、どんどんオカシな方向に思われているのを、もう止めるすべがなかった。


「結局、ラッシーって何なんだ？」

人の名前ではない事は分かったが、カクテルでもない。

ならば何だと、リック料理長だけが純粋な疑問の声を上げた。

「ヨーグルトドリンクだよ」

ざっくり言うと、それであっているハズ。

「ヨーグルトドリンク？」

「そう。カレーに良く合う飲み物」

「カレーに合う飲み物か」

カレーを頼むと、お店によってはたまにサービスでくれたりする。

粉末状のラッシーの素も売っていたけど、それはラッシーではなくてラッシー風の別の飲み物的な味がした。

だから、莉奈はカレーの時は自分で作る事にしている。

「ラッシーは簡単に出来るよ」

莉奈は説明しながら、まずは混ぜるためのボウルを用意する。

「分量は好みだけど、ヨーグルト1、牛乳1・5で作る。そこにハチミツや砂糖を入れて混ぜる
……で」

「で？」

「氷が欲しい」

「うっわ、出たよ。俺、もしかしなくてもリナ専用の製氷機だよ」

氷の魔法を使える数少ない料理人が、自分で口にした〝リナ専用〟という言葉に満更でもなさそうな表情をしていた。

冷蔵庫や冷凍庫があるのに、莉奈は手っ取り早いとすぐ魔法を使う。おかげで鍛えられているけど、内心複雑だ。

細かい氷が欲しいと言われ、バットの上に渋々という表情で氷を作りながら料理人はチラチラと莉奈を見る。

「俺さぁ、最近気付いたんだけど。リナが俺に氷、氷って言うから作り続けてたら、なんか知らない間に魔力が上がったんだよね？　しかも、話しながら魔法を使える技能《スキル》まで付いたし、アレ？　俺、天才じゃね？　ひょっとして魔法省で働けんじゃね？　って思うんだけど……どう？」

「どうって、行きたきゃ行けばイイんじゃない？」

そんな苦情や自慢話に興味がない莉奈は、料理人の話をバッサリと切った。

魔法省に入りたかったら、転属を希望すればイイのでは？　と純粋に思う。

「……」

料理人は、莉奈に自分の凄《すご》さをアピールしたつもりだったが、微塵《みじん》も響かず撃沈だ。

莉奈に、ちょっとでも凄いと褒めて欲しかったのに、結果ダメージを受けるハメになったのだ。

「リナ……ちょっと褒めてあげて」

「え？」

「褒めると伸びる子だから」

哀れに思った料理人達が、莉奈に優しい言葉を掛けるようにお願いした。

気になる子（莉奈）に、ここまで見向きもされないのは不憫《ふびん》すぎる。

皆に視線で促され、莉奈は渋々頷《うなず》いた。

確かにいつもお世話になっているなと、氷を作ってくれているトーマスという料理人に向き直る。

そして、莉奈は項垂《うなだ》れているトーマスの右手を握ると、シュゼル皇子を見習い、小首を傾《かし》げ渾身《こんしん》の笑顔を作りお礼を言ったのだ。

「いつもありがとう。トーマス」

「ブホッ！」

その瞬間、トーマスの顔はトマトの様に真《ま》っ赤《か》になり固まった。

最近特に可愛《かわい》くなってきた莉奈の笑顔に、撃沈したのである。

「リナ、やり過ぎ」」

食堂からカウンター越しに覗《のぞ》いていたラナ女官長と侍女のモニカが、なんとも言えない表情で言った。

お礼を言うのはイイけど、誰《だれ》もそこまでやれとは言っていない。

莉奈は案外、無自覚のタラシなのかもしれないと、ラナ女官長達は思ったのであった。

◇◇◇

皆の複雑そうな視線など、気にもしない莉奈は細かい氷をグラスに入れて、出来たばかりのラッシーを注いだ。

こうなったら、ついでだともう一種類作る事にする。

「まだ、何か作るのか⁉」

莉奈はスイッチが一旦《いったん》入ると極端だよなと、リック料理長は驚く。

エギエディルス皇子の番のお祝いの時も、色々と作っていたし、莉奈のヤル気スイッチはどこにあるのだろう。

そう思いながら、莉奈の作業に見入っていたのだ。

「バナナラッシーも作ろうと思う」

「「「バナナラッシー」」」

ラッシー自体を飲んだ事もないのに、皆の喉《のど》がゴクリと動いていた。

「さっきのラッシーに、濾したバナナを混ぜるだけ」

本当はバナナは凍らせて、ミキサーで混ぜるのがベストだけど、ミキサーがない。莉奈はバナナをザルで適当に濾す事にする。

莉奈的には半解凍くらいで、シェイクにして飲むのが一番美味《おい》しいと思う。

「他の果物で作るなら、砂糖水で煮た〝コンポート〟っていう果物を濾して混ぜると美味しいよ」

それがないから、すぐに出来るバナナで作ったけど。

家で作るなら果物の缶詰を入れて、ミキサーで混ぜれば簡単に出来る。でも、この世界に缶詰なんかないから、コンポートを作るしかないだろう。

「コンポート？　ジャムと違うのか？」

「ジャムは砂糖で煮るけど、コンポートは砂糖水で煮る。後は、ジャムみたいに果物の形を崩さないかな？」

「なるほど」

熱心に訊《き》くリック料理長に、莉奈は簡単に説明した。

背後でマテウス副料理長も、なるほどと聞いている。砂糖も貰《もら》える事だし、試してみるに違いない。

「ちなみに、その果物を煮た後の砂糖水は、砂糖代わりに調味料として使ってもいいし、紅茶に入れても美味しい」

「それは、無駄がなくていいな」

「まぁ、皆が一番好きそうなのは……」

「「「好きそうなのは？」」」

「お酒に入れて飲む事」

「お酒‼　ふぅ～‼」

「カクテルか」

「酒だ、酒‼」

莉奈がお酒と言った途端に、厨房《ちゅうぼう》の熱気が一気に上がった。

まぁ、それが合うのは〝ホワイトリカー〟や焼酎《しょうちゅう》である。〝ブラウンリカー〟と呼ばれるウイスキーやブランデーがあるくらいだから、ホワイトリカーはありそうな気がする。

だけど、莉奈の記憶が確かならば、現時点で酒倉になかったハズ。だから、自分達で色々試して合うのを見つければ良いだろう。

「リックさん。後で砂糖をあげるついでに、コンポートの作り方を教えるから、作ってみたら？」

だって、奥さんのラナ女官長の瞳《ひとみ》もキラキラしているし、皆も騒ぎ出したし作らないという選択肢はない。

「そうだな」

私も飲みたいし、とリック料理長は顎《あご》をひと撫《な》でしていた。

◇◇◇

「この匂《にお》いか。さっきからずっと匂《にお》ってたの」

王族の食堂に夕食の説明をしに来れば、エギエディルス皇子がテーブルに置かれたバターチキンカレーの匂いを手で仰いで嗅《か》いでいた。

お皿に鼻を近付けて直接嗅がない所は、子供なのに上品だなと感心する。

普通なら、ついつい鼻を近付けちゃうよね。

「そっちは、バターチキンカレー。イベールさんが取り分けてくれたのが、カボチャと野菜たっぷりのカレーだよ。辛いのが平気なら、好みでカイエンペッパーを加えて食べてみて」

丸ごとカボチャのチーズカレーは、さすがに一人一個は多いから、執事長イベールが切ってお皿に取り分けていた。

カボチャが入った分甘いから、シュゼル皇子とエギエディルス皇子好みだろう。フェリクス王には絶対に甘いから、言われる前にカイエンペッパーを別添えしておく。

「リナ、フェル兄が食ってた肉は？」

エギエディルス皇子がテーブルの上をキョロキョロして訊いてきた。

オヤツの時、フェリクス王に出したガーリックライスと鶏肉《とりにく》のパリパリ焼きの事を言っているんだと思うんだけど……。

そんなにお腹《なか》に入るのかな？

味比べして欲しいから、一つ一つの量は少なめにはしてあるけど。

「コレの事？」

莉奈は苦笑いしながら、食べやすく切ってある鶏肉のパリパリ焼きを出した。

ガーリックライスはご飯物が多くなりそうなので、あえて出さなかったけど、鶏肉さえあれば構わないらしい。

「やった‼　すげぇ旨《うま》そう」

鶏肉のパリパリ焼きを見た瞬間、エギエディルス皇子の表情は一気に花が咲いた。

だが、それを見た莉奈的には大変複雑である。

何故《なぜ》なら、一生懸命時間を掛けて作った料理《カレー》より、ほとんど手間の掛かっていない鶏肉料理に瞳を輝かせたからだ。

「皮が香ばしくてパリパリして旨～い‼」

カレーより先に鶏肉を一口食べたエギエディルス皇子。

パリパリと小気味良い音を立てながら、実に美味しそうに鶏肉を食べている。

エドくんや、その鶏肉はメインではないのだよ。

莉奈は苦笑いしか出ない。

「カイエンペッパーをかけると、味がしまって旨いな。香辛料《スパイス》の独特の香りや味はするが、それが意外とクセになる」

「黒胡椒《くろこしょう》を多めに振りかけても美味しいですよ？」

末弟とは違って、早速バターチキンカレーを食べていたフェリクス王に、莉奈は黒胡椒を勧めた。バターと生クリームで甘めだからね。フェリクス王にはピリッとするカイエンペッパーか黒胡椒は必須《ひっす》だろう。

「ん。あぁ、バターチキンカレーには黒胡椒。カボチャのカレーはカイエンペッパーが合うな」

食べ比べしながら、自分好みの味にしている。

良かった。スプーンを置かないということは、初めてのカレーは概《おおむ》ね好評の様だ。

「香辛料《スパイス》を使ってどんな料理になるかと思っていたら、この独特な風味がまた堪《たま》らないですね。ご飯にもナンにも良く合う。ん～しかし、ここにもカボチャとは。プリンにもカレーにもなって、カボチャは万能な野菜なんですね。何に入れても甘くて美味し――」

丸ごとカボチャのチーズカレーを食べていたシュゼル皇子は、カレーを堪能しながら何かに気付いた様にハッとし、莉奈をキラキラした瞳で見つめた。

「リナ！」

「はい？」

「カボチャはこんなにも万能なのですから、アイスクリームに――」

——カン‼

シュゼル皇子が言い終わる前に、彼の額に何かが激しく当たった。

「黙って食え」

どうやら、フェリクス王がカトラリーケースから、小さなフォークを出して指で弾いたらしい。

なんでもかんでも甘味に結び付けようとする長弟に、フェリクス王は心底呆《あき》れている様だった。

「むぅ」

不服そうなシュゼル皇子を見て、つい空笑いが漏れそうだった莉奈は、アイスクリームの代わりに飲み物をコトリと置いた。

カボチャのアイスクリームは作った事もあるし食べた事もあるけれど、個人的には結局普通が一番だと思う。

だから、定番商品にならないのでは？

「なんですか、コレは？」

「右が〝ラッシー〟で、左が〝バナナラッシー〟です」

スパイシーなカレーを食べた後、口を爽《さわ》やかにする飲み物。それがラッシーだ。

エギエディルス皇子の前にも、もちろん出した。

フェリクス王はお酒ではないとチラッと見た瞬間分かったのか、眉《まゆ》を顰《ひそ》め一切興味を示さなかった。

「『ラッシー？』」

兄王とは対照的に二人の弟皇子が仲良く小首を傾《かし》げていた。

「ヨーグルトと牛乳を混ぜて作った飲み物。カレーがスパイシーなので合うと思いますよ？」

「甘いのか？」

「甘いよ」

甘いのかと訊くエギエディルス皇子が可愛《かわい》くて、莉奈は危うく吹き出す所だった。

初めての飲み物だから、不安だったみたいだ。

甘いと聞いたら、エギエディルス皇子よりシュゼル皇子の方がパッと華やかな笑みを溢していたけど。

「んん〜。香辛料《スパイス》の効いたカレーの後に、このラッシーは大変合いますね」

シュゼル皇子はラッシーが出てきた事で食欲が湧《わ》いたのか、カレーを食べるペースが上がった。

カレーのお供にラッシーではなく、ラッシーのお供にカレーらしい。甘い物ありきで、食が進む様である。

「俺、ヨーグルトなんか酸っぱいだけで嫌いだったけど、コレは好き」

ヨーグルトが苦手だったのか、チョビチョビ飲んでいたエギエディルス皇子は、味が好みにあったらしく口を綻《ほころ》ばせていた。

エギエディルス皇子は、今まであまり口に出さなかっただけで好き嫌いが多いよね。

まぁ、兄のシュゼル皇子は好き嫌い以前の問題だけど。

「カレーにはビーズ・キッスが合いそうですね」

ラッシーを口にしながら、シュゼル皇子はポソリと言った。

確かに乳製品から作るカクテルだから、一概に合わないとは言えない。だけど――

「ん～。カレーにはエールじゃないかな？」

父や母も、カレーを食べる時はカクテルより発泡酒かビールだった気がする。莉奈と弟はもちろんラッシーか牛乳だったけど。

「イベール」

莉奈の呟《つぶや》きが聞こえていたのか、フェリクス王は飲んでいた白ワインを端に寄せ、執事長イベールにエールを出す様指示を出していた。

フェリクス王は、最近特に料理に合うお酒を探して飲むのが楽しみらしい。夕食には必ずお酒を嗜《たしな》んでいる。

量さえ気を付ければそれはイイけど、休肝日を作った方がいいのでは？

「リナ、コッチにも鶏《とり》」

二種類のカレーを綺麗《きれい》に平らげたフェリクス王は、もう晩酌気分なのか鶏肉のパリパリ焼きを御所望の様である。

「……」
莉奈は鶏肉《とりにく》を出しながら複雑な気分であった。
これでは、どちらがメインなのかさっぱりである。
一生懸命作ったカレーより、簡単なパリパリ焼きの方が好評の様な気がする。
まぁ、初めてのカレーだし仕方がないのかもしれない……とは思いつつ——。
——主役はカレーなんだよーーっ‼
やっぱり納得がいかない莉奈なのであった。

第4章　月夜の晩

「うう～ん。ごめんなさ～い、主役はあなたです～」

――この日の夜。

莉奈《りな》は、自分より背丈のある鶏肉のパリパリ焼きに、タックルされるという訳の分からない夢を見た。

鶏肉のパリパリ焼きにタックルされ、魘《うな》されて目が覚める日が来るとは……。

そんな夢を見た自分に呆れながらもチラッと窓の外を見れば、まだ夜も明けていなかった。

二度寝しようと思ったけど、完全に目が覚めてしまったので気分転換に散歩にでも行こうと服を着替えた。


この世界の空には、大小二つの月が寄り添うように輝いている。

夜は静か過ぎて、心が折れそうになるから余り好きじゃなかった。異世界にいる不安も相まって、夜空なんて見上げる事も少なかったけど、今さら見上げて気付いた事がある。

月が二つあると、アッチの世界より少しだけ空が明るい気がする。

アッチの世界では昼が10の明るさだとすると、夜は1。コッチの世界は月夜だと2くらいの明るさだ。微々たる差だけど、気付くとなんだか不思議だ。

碧月宮《へきげつきゅう》を出て外に出れば、所々に魔石を利用した外灯があり、暖色系の柔らかい光で辺りを照らしていた。

高価な魔石をふんだんに使用しているのを見ると、さすが王城だなと思わざるを得ない。

間違いで召喚され、他国では放逐されたかもしれないと考えると、優しい王達のいるこの国に、召喚されて良かったなと心から思う。

現実であって現実じゃない様な世界にいると、いつかアッチに戻れたら家族が「どこに行ってたの？　お姉ちゃん」って迎えてくれる気さえする。

いないハズの家族が、何処かにまだいる感覚になれた。

◇◇◇

月夜を眺めながら歩いていたら、銀海宮《ぎんかいきゅう》に自然と足が向いていた様だ。

こんな夜更なのに、厨房《ちゅうぼう》からは明かりが漏れている。

朝食に出すパン作りをしているみたいだった。

警備兵は一日中警備しているし、厨房も一日中誰かが作業している。

莉奈のいる碧月宮は静かだが、王城では何処かで誰かが起きて働いている。そう考えれば意外に寂しくないなと、莉奈は自然と口を綻ばせていた。

「わ！　誰かと思ったら、リナか」

「夜中に散歩なんかしてると、不審者と間違えられるぞ」

銀海宮を過ぎた辺りで、巡回している警備兵達とすれ違った。

こんな時間に人がいる事が稀《まれ》なのに、明かりも持たない莉奈がフラリと現れれば驚くのはもっともだろう。

心臓に悪いと苦笑いされてしまった。

「こんな時間に、何してんだ？」

至極当然な質問が降って来た。

「あ～、なんか寝付けなくて？」

「あぁ、なんかあるよな、そういう時」

「そんな時は、無理して寝ないのがイイ時もあるって聞いた事がある」

莉奈があやふやに返答すると、警備兵達が納得してくれた。

皆も寝付けない時がある様だ。

まぁ、自分は鶏肉にタックルされるという変な夢で目が覚めた訳だけど。

「あ、そうだ。夕食のカレー旨《うま》かった」

「カボチャのプリンはなかったけどな」

「米なんて鳥の餌だと思ってたけど、結構旨いのな」

「カボチャのプリンをお前等だけで食ったのは知ってるぞ？」

「カイエンペッパーをたっぷり入れて食ったら、辛旨だった」

「カボチャのプリン～‼」

夕食のカレーを食べた警備兵達の感想とお礼の間から、一部の恨み節みたいな声が聞こえた。

どうやらカボチャのプリンを食べていたのが、バレていたらしい。

「リックさんが、その内に作ってくれるよ」

莉奈は苦笑いしていた。

砂糖を多めにあげたし、リック料理長の事だから復習も兼ねて作るに違いない。

しかし、食べ物の恨みは怖いよね。


警備兵とたわいのない話をしていて、莉奈はフと思い出す。

「そういえば、アンナを最近見かけないんだけど、どしたの？」

自分の宮を警備してくれているハズなのだが、最近一向に見かけなかった。

チラッとでも会えばウルサイくらいに声を掛けてくるのに、それが全くない。どこへ行ったのだろうか？　と思ったのだ。

「あ～、アイツなぁ」

警備兵達は顔を見合わせて、なんとも言えない表情をしていた。

莉奈が何かやらかしたのかと聞けば、複雑な顔で教えてくれた。

「リヨンで捕まったらしい」と。

「はぁ？　捕まってるーーっ⁉」

莉奈、驚愕《きようがく》である。

最近見かけないとは思っていたが、まさか捕まっているとは思わなかった。

捕まった……という事は、とうとう犯罪に手を染めたのか、アンナは。

「イヤ、俺達も詳しい事は分かんねぇんだけど……」

「なんか、冒険者ギルドかどっかの店で〝王竜〟の鱗《うろこ》を売ろうとしていたらしいんだよ」

「だけどな？　そもそも、竜の鱗なんて稀《レア》だろ？　なのに王竜のときたもんだ」

「お前、盗んで来たんだろう‼　って事になって、捕まったらしい」

「事情を聞いたアメリアが、迎えに行ってる」

警備兵達が知っている限りの情報を教えてくれた。

皆の話をまとめると、王竜の鱗を安易な考えで売ろうとした警備兵のアンナは、窃盗犯として警ら隊に捕まってしまったとか。

そこへ、南西のハイラーツでの難民支援を終え帰城していた近衛師団兵のアメリアが、休む暇なくリヨンに出向くハメになったようである。

すっかり忘れていたけど、アンナが王竜に鱗を貰《もら》ってすぐに、砂糖を買って来るとすっ飛んで行ったのを思い出した。

どこで売ろうとしたか知らないけど、王族以外が王竜の鱗なんて持っていたら確かに怪しい。竜の鱗は稀《レア》だもの。しかも、フェリクス王が従えている竜だ。市場になんて出回る訳がない。王と接点のないアンナが、いくら王竜がくれたなんて話をしても誰《だれ》も取り合ってくれる訳もなく……毟り取って来たのだろうと、思われていたそうだ。

莉奈的には、王城にいるあの王竜から鱗を毟り取れるとしたら、それはもの凄《すご》い強者《つわもの》だと思うのだけど……。

あのアンナが出来ると思うかね？

とにかく、不審過ぎるアンナをお咎《とが》めなし、釈放！　とはいかず、真偽を確かめるために王城に連絡があった様だ。

そして、その場にいた近衛師団兵で竜騎士になったアメリアが、引き取りに行った……という訳か。

なるほど、貴重な竜の鱗を売る時は気をつけないと、窃盗扱いされるらしい。

莉奈はアンナのおかげで、良い勉強になったのであった。

「リナ、散歩もいいけど、体が冷えない内に部屋に戻れよ」

「腹出して寝るなよ？」

「夜食はほどほどにな」

警備兵達は莉奈の頭や肩を、ポンと優しく叩《たた》きながら巡回の仕事に戻って行った。

なんだかんだで、皆優しいなと莉奈の心がホッコリしていた。


さて、帰ろうかなと踵《きびす》を返した時――――。

「こんばんは」

と真正面に、月夜に照らされたシュゼル皇子がいた。

「……!?」

莉奈は悲鳴を飲み込んだ。

もの凄く綺麗《きれい》な人が目の前に突然現れても恐怖なんだなと、こんな状況なのに思ってしまった。

確かに、こんな人のいない夜に突然人が現れれば怖いなと一人で納得する。

しかし、心構えがなかっただけに、何を口にすればイイのか思い付かない。

何を話したら？　と考えたらシュゼル皇子が先に口を開いた。

「月が綺麗ですね」

「え？　あ、はい。そうですね」

そう言って空を見上げるシュゼル皇子に、莉奈は思わず見惚《みと》れてしまった。

月夜に照らされたシュゼル皇子は、男なのに女神の様に美しかったのだ。

しかし、この〝月が綺麗ですね〟という言葉。

〝愛してる〟の訳だと言われているけど、実際誰かに〝月が綺麗ですね〟なんて言われて、そう取る人なんていないと思う。

事実、今シュゼル皇子に言われた訳だけど、告白されたなんて馬鹿みたいな勘違いしないよ。素直に月が綺麗だなと感じるだけだし。

〝死んでもいいわ〟と返すのが正解なんだっけ？

月が綺麗に対して、愛が重くないかな？

そう思った瞬間、ゲオルグ師団長の奥さんであるジュリアの顔が浮かんだのは気のせいだろう。


「こんな夜更にいかが致しましたか？」

莉奈がそんな事を考えていたら、心配してくれたのかシュゼル皇子が莉奈の顔を覗《のぞ》いた。

シュゼル皇子の顔が近付くと、ふわりと甘い香りがした。

天然無自覚の魅了《チャーム》のようだなと、妙にドキドキする。

「あ、ちょっと変に目が覚めちゃいまして……」

そういうシュゼル皇子こそ、何故《なぜ》ここに？

月夜の晩のシュゼル皇子はいつも以上にキラキラして見える。目や心臓に悪い。

「こんな夜更に女性の一人歩きは危ないですよ？」

「え？　王城内なのに？」

王城の中は安全ではないのかと莉奈がキョトンとすれば、シュゼル皇子は苦笑いしながら小さくため息を漏らしていた。

世間に比べれば、王城内の規律は当然厳しい……が絶対ではない。

人気《ひとけ》のない時間にウロウロするなんて、もっての他である。


「……そういえば」

シュゼル皇子は莉奈に何か言うのを諦《あきら》め、徐《おもむろ》に莉奈の首にぶら下がっているペンダントに手を伸ばした。

「え？」

莉奈が何だろうとペンダントを凝視していると、それは仄《ほの》かに光り輝いた。

このペンダントは魔導具なのだから、きっと魔力を注いだので光ったのだろうと解釈する。

「何をしたのですか？」

不安というより疑問を感じた莉奈は、シュゼル皇子に何をしたのかと訊《き》いてみた。

シュゼル皇子は「ん？」と呟《つぶや》いた後、莉奈を見てニコリと笑う。

「魔導具はたまに魔力を注がないと、何の役にも立ちませんからね」

「えっと、ありがとうございます」

でも、「莉奈はあまりこの魔導具《ペンダント》を使っていない様ですね？」と笑われた。

瞬間移動《テレポート》は確かに楽しいが、いざという時に魔力切れで使用出来ないのも困る。

それに、のんびり歩いて行くのも楽しいので、ほとんど使っていなかったのである。

「ついでに、私の宮にも行ける様にしておきましたからね？」

満面の笑みを見せたシュゼル皇子。

「え？」

莉奈は思わず、声が裏返ってしまった。

確かに、この魔導具《ペンダント》ではシュゼル皇子の紫雲宮《しうん》には移動出来なかったが、何故行ける様にしたのかな？

「寂しくて眠れないのなら、私の所に来て下さいね？　子守唄《うた》代わりにこの世界の歴史でも延々と話し聞かせてあげましょう」

「……いえ、遠慮します」

うっわぁぁ、延々となんて地獄ではないか。

あぁ、でも全く興味なさ過ぎて、確かにすぐに眠れそうだ。

莉奈は頬《ほお》が引《ひ》き攣《つ》るのを我慢出来なかった。

「ふふっ」

莉奈がキッパリと断ったのにもかかわらず、シュゼル皇子は気にした風もなく小さく笑っていた。想像通りの返答だったのだろう。

「リナにフラれちゃいました」

これでもモテるのにと、シュゼル皇子はショックを受けた様な口ぶりで、ほのほのと莉奈の頭を優しく撫《な》でていた。

他の国の王族は知らないけど、この美貌《びぼう》だものね。見慣れているハズの侍女達も、油断すると頬を赤く染めて惚《ほう》けているし、莉奈も気を抜くと美貌に見惚れてしまう。

人当たりの良い言動がまた、女性には堪《たま》らない。

まぁ、フェリクス王の方が……って、今自分は何を考えたかな⁉

「……シュゼル殿下も眠れなかったんですか？」

莉奈は慌てて雑念を消し去り、誤魔化《ごまか》す様に訊いた。

元ポーションドリンカーのシュゼル皇子は、女性より儚《はかな》げで眠りは常に浅そうだ。

「いいえ。月夜が綺麗なので、散歩に」

そう言って、空を見上げるシュゼル皇子は、やはり月の女神か精霊の様に美しかった。

「いくら王城でも、王族の一人歩きは危険ですよ？」

莉奈は自分の事は棚に上げて、何も考えず素直に思った事を口にした。

だって、誰《だれ》が何をするか分からない。

今現在、ヴァルタールは皇国から王国に改革途中だと耳にした事がある。フェリクス王が皇帝を名乗らないのが、その確たる証拠だ。

にわか程度にしか分からない莉奈でも、政務を行う貴族がこの王宮に余りいないのは知っている。

フェリクス王達が極力登城させない様にしているせいだ。

大きな改革の裏には、必ず大きな反発がある。今がまさにその時だろう。

ならば、今までの制度を変えようとしているフェリクス王達は邪魔だ。

考えたくもないが、フェリクス王達を消そうと、この王城に何者かを送り込む者がいるに違いない。

そんな微妙な時期に、人気のない所に一人でフラフラしていたらイカンでしょう。

鴨ネギではないか。莉奈が暗殺者ならプスリである。

「大丈夫ですよ。目の前に竜殺《ドラゴンキラー》しがいますからね？」

「っ‼　シュゼル殿下」

そう言ってシュゼル皇子が片目を瞑《つぶ》るから、莉奈は思わず頬をプクリとさせた。

いつまで、竜殺《ドラゴンキラー》しの異名が付いて回るのかな⁉

「それに、私はこれでも強いんですよ？」

シュゼル皇子は、莉奈を宥《なだ》める様に頭をポンと叩いた。

そりゃあ強いでしょうよ。魔竜を倒せるのだから。

でも、魔物と人間ではまったく違う。人だと油断するし、相手を傷付ける事を普通は躊躇《ためら》う。魔物みたいに全力でとはいかず、加減が難しい。

莉奈がまだ何か言いたそうに目を向けると、シュゼル皇子は莉奈の額にキスを落とした。

「……良い夢を」

その声が聞こえるのと同時に、莉奈の視界は一瞬暗くなったのである。


――ポスン。

次の瞬間――。

莉奈の身体《からだ》は、どこかの部屋のベッドの上にふわりと落ちていた。

「ふえ？」

莉奈は突然辺りの景色《けしき》がガラリと変わり、しばらく頭がフリーズしていた。

何がなんだか分からないがキョロキョロして見ると、どこかこの部屋は見覚えがある。

天蓋《てんがい》の付いていない豪華なベッド。その脇《わき》の小さなテーブルには、竜の脱皮の皮を被《かぶ》せたランプがあったからだ。

そう、自分の寝室である。

シュゼル皇子に強制的に部屋に帰されたのである。

「……あははっ」

しばらくキョトンとしていた莉奈は、今度は笑いが漏れていた。

ものスゴく強引過ぎる。

だけど、自分を心配してくれたのだろう。

この強引さが妙にフェリクス王と重なり、兄弟なんだなと思うとなんだか笑えるのだった。

第5章　それぞれの思い

「ふぁ」

結局、二度寝した莉奈《りな》は今、のんびりと朝食を食べていた。

「でけぇ欠伸《あくび》」

一応お前も女なんだから可愛《かわい》い欠伸しろよと、一緒に食事をしているエギエディルス皇子が呆《あき》れ笑いをしていた。

「欠伸に可愛いも可愛くないもありますかね。エスパルス殿下」

莉奈はもう一つ欠伸をする。

まぁ、エギエディルス皇子の欠伸は可愛いと思うけど。

「なんだよエスパルスって……とにかくお前のは可愛くない」

ツッコミを入れながらもエギエディルス皇子は、苦笑いしていた。

欠伸にまでケチをつけられるとは、失礼しちゃうよね。

「しっかし、随分と眠そうだな？」

先程から大きな欠伸をしている莉奈に、苦笑いするエギエディルス皇子。

揶揄《やゆ》する様な口振りで言いながら、エギエディルス皇子は内心莉奈がちゃんと眠れているのか心配していた。

エギエディルス皇子も親はいないが、支えてくれる兄達がいる。しかし、莉奈にはそれがないのだ。

自分だったら……莉奈みたいに笑っていられるか分からない。

「昨日《きのう》、夜中に変に目が覚めちゃって……あ、んで散歩に行った――」

「あ、散歩？　夜中に⁉」

昨夜の事を話そうとしたら、エギエディルス皇子が目を見張っていた。

食後の紅茶を淹れてくれていたラナ女官長と、侍女のモニカも同様に驚いていた。

「うん、そう。でね――」

「危ないだろう⁉」

「え？」

「夜中に一人で散歩なんて危ないだろう？」

エギエディルス皇子にまでそう言われ、莉奈はビックリしてしまった。

まさか、兄弟揃《そろ》って注意されるなんて思わなかったのだ。

「あぶない？　シュゼル殿下にも言われたけど、なんで危ないの？」

莉奈は大きく首を横に傾けた。

フェリクス王のいる王城で、何が危険なのか。

紅茶にククベリーのジャムを入れている莉奈を見て、エギエディルス皇子どころか、ラナ女官長とモニカが顔を見合わせてため息を吐《つ》いていた。

「「「……」」」

魔物がいない＝安心安全ではないのだ。

莉奈は変な所で無防備過ぎると、ため息を吐《つ》かずにはいられなかった。

「ん？　シュゼ兄にも言われた？」

もう、何かを言うのを諦《あきら》めて紅茶を口にした時、エギエディルス皇子は莉奈が言った言葉を思い出し眉根《まゆね》を寄せた。

「散歩に行った時、シュゼル殿下に会ったんだよ？」

「……夜中に？」

「夜中に」

昨夜のシュゼル皇子に会った事を話したら、エギエディルス皇子が顎《あご》に手を置いて何か考えていた。

普通、子供がそんな仕草をしても背伸びをしているみたいで違和感ありまくりなのに、エギエディルス皇子がやるとなんだかさまになっている。

これが王族の風格なのか。げせぬ。

「何してたんだろうね？」

フェリクス王だったら夜が似合うから、あまり違和感はなさそうだが。

「……そうか、昨日は満月か」

何か思い当たったのか、エギエディルス皇子がそう呟《つぶや》いていた。

満月が何だろう？　確かに月は綺麗《きれい》だったけど。

莉奈が何か聞きたげな表情をしていたら、エギエディルス皇子が片手を軽く上げ、ラナ女官長とモニカを下がらせた。

何故《なぜ》二人を下がらせたのか莉奈は分からないが、エギエディルス皇子は部屋から出て行ったのを見計らい口を開いた。

「月の満ち欠けで魔力に変化があるのは知ってるよな？」

「いや、知らない」

莉奈がシレッとそう返せば、エギエディルス皇子は唖然《あぜん》としていた。

「お前……ヴィルに教わっただろう⁉」

「……かな？」

と莉奈が惚《とぼ》けたら、エギエディルス皇子が「信じられねぇ」とテーブルに突っ伏してしまった。

コイツはそういう女だったと、ブツブツ言う声が聞こえた。

「あはは」

莉奈は頬《ほお》をポリと掻《か》きながら笑った。

家族の事を吹っ切れたのはごく最近だ。

魔法を使うたびに使えてればと胸が痛むから、魔法からなるべく目を逸らしてきたのだ。

使う予定もなかったので、魔法省のタール長官には悪いが、右から左でうわの空でしか聞いていなかったのである。

「まぁ、いい。とにかく……月の満ち欠けによって魔力は左右されるんだよ」

少し復活したエギエディルス皇子は、怒る気力もないのかものスゴい呆れ顔《がお》をしていた。

「魔力は基本的には昼より夜が高くて、特に満月の時が強く出るヤツもいれば、逆に新月の晩が強いヤツもいる」

「ふぅん？」

そんな事、意識した事もなかった。大体、そんな時間は寝ているし。

「だから、シュゼ兄がわざわざ夜中に出歩いていたのも、たぶん何か調べていたんじゃねぇかと思う」

「魔法を？」

「……」

「エド？」

何をと訊《き》いたら、エギエディルス皇子が苦虫《にがむし》を噛《か》み潰《つぶ》したような表情をしていた。

しばらくすると、顔を上げたエギエディルス皇子は、莉奈の顔を見てバツが悪そうにプイッと目を逸らした。

「……お前を還《かえ》す方法を……模索しているんだと思う」

「え？」

〝還す方法〟？

それは、日本に還すという事だろうか？

「シュゼ兄は、お前を元の世界に還す方法を……ずっと調べてる」

「……」

〝ずっと〟

なら、莉奈がこの世界に喚《よ》ばれた時からと言う事だ。

シュゼル皇子は公務で多忙を極める中、還れる方法を夜中まで模索してくれていたのだ。

莉奈に還る場所などない事を知らないのだろう。

「還れなくてもいいって、シュゼル殿下に言った方がいいよね」

莉奈はポツリと小さな声で言った。

本音を言ったら、正直どうしたらいいのか分からない。

確かにこっちにはエド達がいて、毎日が楽しい。

だけど、この世界で自分は異質な存在である。自分にとっては幸せでも、この国にとって良いかは別の話である。

「別に……無理して言う必要はねぇよ」

「……でも」

「シュゼ兄はたぶん、薄々気付いていていると思う」

「……」

「その上で、お前を還す方法を調べているんだよ」

自分は口にしてはいないけど、察しの良いシュゼル皇子の事だから、莉奈に還る場所がない事は知っているだろうとエギエディルス皇子は言った。

それを知った上でも日本に還したいのかと、莉奈は悲しくなってしまった。

還る場所がないのに還すなんて、地獄である。

シュゼル皇子には優しくされていたが、本当はそれ程までに嫌われていたのかと、泣きたくなった。

莉奈は俯《うつむ》いて、泣きそうになるのを我慢していると、エギエディルス皇子が話を続けた。

「もちろん、俺は……お前を無理に還さなくても、イイんじゃないかって言ったよ。リナの幸せが、そこにあるとは限らないからって」

「……」

「そしたら、シュゼ兄は……〝還れない〟のと〝帰らない〟のでは絶対的な意味が違うって」

「……え？」

〝還れない〟と〝帰らない〟。莉奈はその言葉に、何故か胸がトクンと強く打たれるのを感じた。

この世界にいる事に変わりはない。

だけど、その意味はまったく違うかもしれない。

「この国に残るお前の……意思がちゃんとそこにあるのか、ないのか。任意か強制か。それでこれからの生き方や感じ方、考え方が全く違うんだとシュゼ兄は言うんだ」

「……」

「俺はそう言われた時、正直分からなかった。だけど、今は少し分かる。……リナ、俺もお前の還る方法を必ず探す」

その上で、帰りたくないなら帰らなければいいと、エギエディルス皇子は言った。

そのエギエディルス皇子の瞳《ひとみ》に、真《ま》っ直《す》ぐな信念を強く感じた。

彼は彼なりに莉奈の事を本気で考え、莉奈の幸せを探してくれているのだ。

「……うん」

小さく笑って頷《うなず》いた莉奈の瞳は、少しだけ揺らいでいた。

それは、涙で揺らいだだけではない。

元の世界に戻れると知った時、自分の意思はどこにあるのか頭を過《よぎ》ったからだ。

——この世界……王達はものスゴく優しくて温かい。

だからこそ……ここにいると、家族がいた事すら忘れそうで、莉奈は無性にそれが怖かった。

◇◇◇

朝食後、エギエディルス皇子と別れ、莉奈は色々と考えながら黒狼宮《こくろうきゅう》に向かっていた。

還す術がない。たとえ、帰っても自分の居場所がないと、莉奈はすべてを諦めていた。

だけど、シュゼル皇子もエギエディルス皇子も、あちらに還せないからと終わらせたりせず、まだ方法を探してくれていたのだ。

あの二人がそうならば、フェリクス王もだろう。

帰りたくても、還れない。

還れるけれど、帰らない。

還れないのと、帰らないのでは心の拠り所が違ってくる。

ここにいる事は同じでも、そこに莉奈の意思があるっていうだけで、感じる事が全然違う。

彼等は強制ではなく、選ぶ権利を作ってくれようとしている。

万が一、元の世界に戻れるとなった時――。

――帰らないと選択したら……皆はどう思うだろうか。

家族と過ごした世界に戻らないなんて、薄情だと幻滅するだろうか？

なら、帰ると選択したら？

自分達と過ごした時間より、やはり元の世界を選ぶのかと、ガッカリされるだろうか？

莉奈の心は複雑であった。


「ま、そんな事を、今から考えても仕方がないか」

莉奈は自嘲《じちょう》気味に笑うと、両頬をパチンと叩《たた》いた。

今は還れないのだ。

なら、もしもなんて考えるのは無意味でしかない。

今をがむしゃらに生きてみて、その時が来たらその時に考えればいい。

莉奈は前を向いて歩こうと、改めて気合いを入れ直したのであった。


「リナ〜‼」

手入れの行き届いている花や木々を見ながらのんびり歩いていたら、後ろから自分を呼ぶ声がした。

ラナ女官長と侍女のモニカである。

「美容液を作りに行くんでしょう？　私達も一緒に行くわ」

莉奈が黒狼宮に行くと分かったのか、二人はご機嫌な様子で小走りにやって来た。

これから美容液を作りに行くのだと、察した様だ。

「サリー達もすぐ来るわよ？」

他の侍女達も仕事の合間に、美容液の瓶詰め作業の手伝いに来るそうだ。

サリーといえば、あれからちゃんと侍女服を洗っているのだろうか？

「洗わせてるわよ」

莉奈の考えを読み取ったラナ女官長が、苦笑いしていた。

執事長イベールに告げ口すると脅したら、少し考えた後洗う様になったとか。

考える意味が分からないと、莉奈は思ったのだった。

◇◇◇

「美容の女神、リナ様。お待ちしておりました」

「「「お待ちしておりました」」」

黒狼宮の調合室に着いたら、仰々しく女性陣が一斉に頭を下げてきた。

「……何を言ってるのかな？」

莉奈は頬が引《ひ》き攣《つ》った。

人に頭を下げられる事などないから、気持ちが悪くてしょうがない。

大体、美容の女神って何？

後ろにいるラナ女官長とモニカは、吹き出していたけれど。

「「だって～」」

侍女やら魔法省の研究員の女性やら曰《いわ》く、王宮勤めは楽な仕事ではなく、なんだかんだと水仕事が多いので、冬場は特に手荒れが酷《ひど》くなるのだそうだ。

にもかかわらず、王宮内では爵位のある令嬢も多く勤めているので、領地内で社交をする場面も多々ある。だから、美に関しては死活問題だとか。

それを聞いた莉奈は、社交界に縁がなくて良かったと、心の底からホッとする。

「あ、美容液のお礼にドレスを作ってあげるわね？」

侍女モニカを含めたどこぞの令嬢達が、満面の笑みで言ってきたので「お気持ちだけで充分でございますわ」と口に手を添えて笑って返しておいた。

貰《もら》っても着る機会はないし、そんな機会も欲しくない。

「ドレスは何着あっても困らないわよ？」

「いらな～い」

ラナ女官長が半分真面目《まじめ》に言っていたが、莉奈はタンスの肥やしだと苦笑いしたのであった。

【オールインワンジェル】

ミツバチ科であるルルミツバチ、主に働き蜂の分泌液（ローヤルゼリー）とポーションを特別な配合で精製した物

「うん、出来ちゃった」

莉奈は【鑑定】で確かめ空笑いしていた。

こんな簡単に出来ちゃっていいのだろうか？

この間の美容液は、確か〝キラービーもどき〟のローヤルゼリーだったけど、違うミツバチでもちゃんと作れるらしい。

しかし、美容液を寸胴鍋《ずんどうなべ》で作る日が来るとは思わなかったよ。

「後は瓶に詰めるだけだよ」

莉奈がそう言って、美容液のたっぷり入った寸胴鍋を渡せば、ラナ女官長達は待ってましたとばかりに瓶詰め作業に入った。

それを見ていた莉奈は感心していた。

美容液を入れる瓶は無色透明だけど、オシャレで可愛《かわい》かったからだ。

香水の瓶みたいに、蓋《ふた》の部分が花になっていて、ものスゴく高級感がある。

瓶なんて言うから、ついどこにでもある何の変哲もない瓶を想像していた。だけど、ラナ女官長達が用意していたのは、有名化粧品メーカーの売り場にありそうな、女性らしく華やかで可愛い瓶だった。

安っぽい入れ物に入れると、やはり安っぽく感じるし、オシャレな瓶に入れると、途端に高級感が出るから不思議だ。

やっぱり、なんでも見た目って大事だなと、改めて思う莉奈だった。

◇◇◇

莉奈達が、美容液の完成で盛り上がっていた頃《ころ》。

白竜宮《はくりゅうきゅう》では真珠姫と碧空《へきくう》の君が、竜の広場で仲良く日向ぼっこをしていた。

『のどかですね～』

『風が吹くと、そよそよと気持ちがいい』

二頭は並んで翼を折り曲げ、猫の様に身体《からだ》を丸くさせてのんびりとしていたのだ。

フェリクス王のいるこの王城は、外敵や魔物が来る事などほとんどなく、竜達にとっても楽園であった。

心往くまま、のんび～りまったり過ごしていたのである。

そんなのんびり過ごしていた二頭の前を、ふらりとやって来た王竜が横切った。

竜がどんなに大人しく歩いたところで、振動は起きる。

まったりとしていた二頭は、その振動に少々ご機嫌斜めである。

『これだから、野蛮な雄は』

真珠姫はわざとらしく、仰々しいため息を吐《つ》いてみせた。

のどかな時間を邪魔されたので、嫌味を込めたのだ。

『……』

王竜はチラッと二頭を見て、フンと鼻で笑った。

野蛮とはどの口が言うのだ、とでも言わんばかりである。

知る人は少ないが、竜に関して言えば、血の気が多いのは実は雌に多いのだと言われている。

それは産んだ卵を守るために、性質上好戦的になりやすいのだと、雄は本能で知っていた。

雄なら躊躇《ちゆうちよ》する場面でも、雌は卵を守るためなら夫である雄さえも、迷う事なく噛《か》み殺《ころ》すのだ。

しかも、頭の大きさこそ違いはあるが、体格に関しては雄も雌もほぼ変わらないし、戦闘能力や魔力は個体別で性別は関係ない。

ならば、夫婦という情を簡単に切り捨てられる雌の方が、余程恐ろしい存在ではないのだろうか。

王竜は、真珠姫に反論するだけ時間の無駄だと、空を翔《か》ける事にした。

いくら竜の頂点に君臨しようが、同類の雌を怒らせても良い事などない。

まぁ、有り体に言えば、面倒くさかったのだ。


「ん⁉」

王竜が逃げる様に、羽ばたこうとした時――。

碧空の君が目敏《めざと》く何かを見つけ、思わず声を上げた。

「黒いの……王よ、ちょっと待って下さい‼」

「……」

王竜は羽ばたくのをやめ、至極面倒くさい視線を碧空の君に向けた。

無視して飛び立つのもアリだったのだが、不意に声を上げられタイミングを逃してしまったのである。

「どうしました？　碧空の」

隣にいた真珠姫は、唐突に声を上げた碧空の君をキョトンと見ていた。

「真珠姫‼　あの王の太腿《ふともも》、太腿を見て下さい‼」

「え？」

「鱗《うろこ》が妙に一枚だけ、キラキラとしていませんか？」

碧空の君が右翼を、とある場所を示す様に広げれば――。

「ん？」

「は？」

その言葉に反応した真珠姫も王竜も、碧空の君が凝視する場所に視線をゆっくりと動かした。

動かした先とは――。

そう、王竜の左足の太腿である。

――キラリン。

王竜の太腿の鱗が何故か一枚、神々しく光っていた。

「……」

王竜、自分の脚を見たまま絶句である。

何故《なぜ》、いつから、自分の鱗は煌々《こうこう》と輝いていたのか。

痛くも痒《かゆ》くもないが、衝撃的過ぎて言葉が出なかったのだ。

「な、な、なんですか、その鱗は⁉」

「何故、そんなにキラキラと輝いているのですか⁉」

「何をしたのですか‼」

「いつから光り始めたのです⁉」

「「どうしてですか⁉」」

真珠姫と碧空の君は、その光り輝く鱗に見入り、王竜の周りを興奮した様子でウロウロしていた。

王竜の鱗は、黒いダイヤモンドと呼ばれる程の美しさで唯一無二。

一頭で温泉にコッソリ入っているせいか、王竜の鱗はいつ見てもキラリと光っており、綺麗《きれい》で羨《うらや》ましかった。

ただでさえ綺麗なその鱗が、さらに光り輝いていたとなれば、美に目覚めた真珠姫と碧空の君の目は、王竜の左の太腿に釘付《くぎづ》けである。

その鱗はどうした。

いつから、光り輝いていたのか。

どうして光っているのか。

それはもう瞳《ひとみ》をギラギラとさせ、事細かく説明しろと王竜を追い立てていた。

「王よ‼」

ウザいなと王竜の目が半目になりかけた時、真珠姫と碧空の君が顔を近付け追及の瞳を向けた。

「……」

煩いと一蹴《いっしゅう》するつもりだった王竜は、二頭のあまりの剣幕に押され口端がヒクヒクする。

いつの世の雌《おんな》も、面倒くさいなと思う王竜なのであった。

◇◇◇

そんな事になっているとは露とも知らない莉奈は、美容液作りを終えのんびりとしていた。

ラナ女官長の淹れてくれた紅茶を飲み、窓から見える花々を優雅な気分で眺めていた。

なんだか、お嬢様にでもなった様な気分である。

まぁ、背後では、楽しそうに美容液を瓶に注ぐ女性達がいる訳だけど。

「はい。これはリナの分よ?」

そう言ってモニカが、美容液の入った小瓶を持って来てくれた。

化粧水と乳液のちょうど中間みたいな、薄ら白濁した美容液。それが、花が咲いたガラス細工の蓋の小瓶に入っていると、ものスゴい高級品に見える。

あれ？　王宮を追い出されたら、化粧品店でも開けば生活出来たりするのかな？

莉奈は、そんな事をボンヤリ考えていた。

「ん？　なんか数が多いよ？」

よくよく見たら、モニカが持って来てくれたのは一〇個くらいある。

材料費も何も提供していないのに、数が多過ぎではないのか。

「日頃《ひごろ》の感謝も込めてよ」

「お菓子とか、美味《おい》しい物も作って貰ってるし」

「美容液だって、リナがいなければ作れなかったしね」

皆が莉奈にお礼を言いながら、遠慮なく貰ってくれと笑顔を見せた。

好き勝手にやらせて貰った上に、お礼だと美容液を多めにくれる皆に、感謝しながら有り難く頂く事にした。

いくらあっても困らないし、持っていて損はないからね。

ローヤルゼリーもかなり余ったので、預かっておいてと言われた。その代わり、多少は使ってもいいそうだ。

ついでとばかりに、寸胴鍋の内側に残っていた美容液も貰《もら》った。

この世界にゴムベラなる物はないので、へばり付いている美容液まで取り切れない。

手でなぞればまだまだ取れそうだし、貴重な美容液だから捨ててしまうのはもったいない。何か有効活用法でも考えよう。


——ドスーン。

うん。考えている暇などなかった。

調合室の窓から景色《けしき》を楽しみ、紅茶を優雅に飲んでいた莉奈の目の前に、何やらデカい物体が飛来して来たのである。

窓の外は幅の広い遊歩道となっているのだが、そこに見覚えのある生き物がドスンと着地したのだ。

二階から車でも落とした様な振動と、その周りには小さな砂埃《すなぼこり》が舞っていた。

「「「……ヒッ‼」」」

楽しく談笑していたラナ女官長達の息を飲む声が聞こえた。

叫ばなかった事を褒めてあげたい。

しかし、この竜達《こ》、遠慮も空気も読まないよね。

莉奈は呆《あき》れた表情を浮かべながら、注意する事にした。

「あのねぇ、そこは、人や馬の道であって――」

「リナ‼　太腿を見ました‼」

「はい？」

「キラキラしているのですよ‼」

「鱗がキラッキラと‼」

「日の光に反射すると、あぁ～何と神々しい」

「黒いアレになど、美がなんたるかも分からないのだから、綺麗であっても意味などありません‼」

「あの美しさは女王である私にこそ、あるべき姿」

「〝美容液を下さい‼〟」

「……」

まさかの、美容液リターン。

瞳をキラッキラとさせて、弾丸の様に話し捲《まく》る真珠姫と碧空の君。

莉奈は、何が何だか分からず、唸《うな》っていた。

二頭が興奮した様子で捲し立《た》てる様にいっぺんに話すものだから、〝美容液をくれ〟の部分しか聞き取れなかった。

一方で竜の目的が〝美容液〟だと知り、ラナ女官長達は出来立てホヤホヤの美容液を一斉に後ろ手に隠し、部屋の隅で怯《おび》えている。

取られる取られないはともかくとして、見つかるとヤバイという事は確かだからだ。

「二人とも元気だねぇ」

あ、二頭かと、莉奈は呆れを通り越し暢気《のんき》だった。

騒ぐ竜など、もはや怖くはない。むしろ、ウルサイくらいだ。

「元気だね、ではありません‼」

「美容液を下さい‼」

竜二頭の必死過ぎる叫び声が、鼓膜にダイレクトに響いた。

そのせいで、キーンと耳鳴りがする。

もう一回〝シュゼル・スペシャル〟でも飲んで、ぶん殴ってやろうかな？

莉奈はフと不穏な考えが頭を横切ったが、もったいないなとすぐに考え直した。

「あ、陛下」

莉奈はチラリと、真珠姫と碧空《へきくう》の君の頭上を見た。

「「え⁉」」

途端に騒ぎまくっていた二頭が慌てて口を塞《ふさ》ぎ、仲良く上を見上げた。

莉奈が空を見上げるものだから、フェリクス王が瞬間移動《テレポート》で飛来して来たと思ったのだ。


……チュンチュン。

空を見上げれば、小鳥が数羽飛んでいた。

「あんまり騒ぐと、本当に来ちゃうと思うよ？」

そう、嘘《うそ》である。

フェリクス王がいる訳がない。

莉奈は、素直に騙《だま》された二頭を見て空笑いしていた。

「う、嘘とはどういう事ですか‼」

「本当に来たのかと、心臓が止まりましたよ⁉」

碧空の君と真珠姫は、怒りを通り越して顔面蒼白《そうはく》であった。

莉奈が嘘を吐《つ》いた事には憤りを感じるが、確かに騒げば来てしまう可能性がある。

この王城に彼がいる……それだけで、脅威なのだ。

嘘だと知った今でも、思わず本当かとキョロキョロとしている。

最強と謳《うた》われる竜が、たった一人の人間に怯えるなんて笑っちゃう。まぁ、魔王様には誰《だれ》も敵わないよね。

「なんで、またすぐに美容液が欲しくなったの？　温泉はどうしたの？」

どうせ引き下がらないだろうから、訊《き》いておく。

無理に下がらせても、絶対にまたやって来るだろうし。

「そうですよ‼　美容液‼」

「黒いの鱗《うろこ》がキラッキラになっていました‼」

「何故《なぜ》かと訊いたら――」

「〝竜喰《ぐ》らい〟が何かしていたって言うから‼」

「「絶対にリナだって‼」」

莉奈が訊いた途端に、堰《せき》が切れた様にガンガンと話し始めた。

余程、気になって仕方がないみたいである。

黒いのがキラッキラって、なんだろう？　と真珠姫と碧空の君の話を聞いてもイマイチ分からなかった。

――が、首を傾《かし》げていると、さらに捲し立てる様に次々に言う二頭。

その話を総合し、莉奈は段々理解したのだ。

「あ」

そういえば、王竜の鱗一枚に美容液を塗ったたな……と。

あちゃあ、アレがバレたのか。

面倒くさい事になったぞ、と二頭を見たら、期待しかない瞳で見られてしまった。

「どうしたいの？」

訊かなくても分かるけど、訊かずにはいられなかった。

「『私達にも塗って下さい‼』」

ですよね〜。

食いに食い気味の返答が返ってきた。

「塗ってどうするの？」

そう思わず返してみれば、

「『美しくなるのです‼』」

当然の様な返事をされてしまった。

「何もしなくても、真珠姫も碧《へき》ちゃんもすごく綺麗だよ？」

莉奈は、苦笑いを抑えてにこやかに適当に褒めてみた。

実際、竜の美の感覚なんて分からないけど。

「見え透いたリップサービスで誤魔化《ごまか》さないで下さい!!」

適当過ぎたのか、真珠姫と碧空の君に速攻で怒られた。


「はいはい。なら、ローヤルゼリーとポーションを買って来てよ」

美容液もタダではない。材料費とそれを作る労力がいるのだ。

クレと言われてホイホイ作る訳にはいかない。

「私達が買いに行ける訳がないでしょう⁉」

鱗で見えないが、多分青筋を立てている竜二頭が、至極真っ当な反論をしてきた。

会話が出来るからといっても、竜が街に飛来なんてしたら、阿鼻叫喚《あびきょうかん》である。そして、そんな事をしたら、間違いなくフェリクス王に始末される案件だ。

いくら、守護神的な扱いの竜でも、近くで見るのは違うからね。

人に懐いているから大丈夫だと言われても、猛獣のライオンや熊が街を普通にうろついていたら確かに恐怖でしかない。

害のない厳ついオジサンだって怖いのに、竜なんて論外だ。

「でもさぁ、真珠姫と碧ちゃんまで、キラキラしちゃったら他の皆《りゅう》も絶対、私も私もってなっちゃうじゃん？」

だって、竜はキラキラした物が好きだし。意外に派手好きだし。

着飾れない竜の唯一のアクセサリーみたいな物でしょう？

こぞってしたがる気しかしない。

「だからなんですか！　なら、何故、黒いのに美容液を塗ったんですか⁉」

莉奈が、王竜になんか美容液を塗るからそうなったのでしょう、と目を剥《む》いた。

しかも、美とは一番縁遠い王竜なんかにと怒り、ズルいズルいと二頭はブツブツ文句を言っている。

「いや、塗ったって言うか……ただの好奇心？」

悪戯《いたずら》ともいう。

テヘッと莉奈が笑えば、真珠姫と碧空の君だけでなく、部屋の隅でカタカタ震えていた女子達も絶句していた。

「「……好奇心」」

莉奈の事だから、何も考えずにただただ面白そうだとやったに違いない。

そうだ、莉奈はこういう人だったと、全員の頬《ほお》が引き攣《ひつ》った。

今回はたまたま美容液で、良い方にベクトルが向いたが、その逆もある訳で……。

「もう、この際、好奇心でも冒険心でもなんでもイイから、私にも塗って下さい‼」

碧空の君はブンブンと嫌な考えを振り払い、莉奈の顔に顔を近づけた。

その瞬間、碧空の君の生温かい息が、もわんと莉奈の顔に掛かった。

碧空の君が何を食べているか知らないけど、嗅《か》いだ事のない奇妙なニオイがするなと、こんな状況なのに思う莉奈。

「聞いているのですか‼」

無視をされたと勘違いした碧空の君がさらに声を荒げれば、生温かい風が莉奈の顔にさらに掛かり、テンションはダダ下がりである。

生温かい風って気持ち良いものではないよね？　それが、生き物の口から出ているモノなら尚更に。


――ゴン‼


「「痛いっ‼」」

碧空の君があまりにも近くに顔を近付けていたので、莉奈は頭突きをかました。

――のだが、碧空の君の口先は思ったより硬く、頭突きをした莉奈にも激痛が走った。

何も考えずに思いっきりやったから、目の前に星がチラチラ見える。

「何をやっているのですか」

間近で見ていた真珠姫が、呆れていた。

莉奈が頭突きをするなんて思わなかったが、された方だけでなく、した方までクラクラしているのである。一体何がしたいのか、真珠姫は呆れるしかなかった。

「あ」

莉奈は頭突きをしたおかげで、何かピキンと閃《ひらめ》いた。

「後で竜の広場に行くから、美容液を塗って欲しい人……じゃない竜を集めといてよ。厳選して塗るから」

二頭まで鱗がキラキラしたら、絶対に他の竜も塗れと襲撃して来ると思う。

ならば、先に誰《だれ》に塗るか決めれば良い。

「『厳選？』」

「厳選」

莉奈がそう言えば、不服そうな表情を見せた二頭。

「それなら、私達に塗れば良いでしょう？」

「あなたは私の番。厳選するまでもないハズ」

案の定、文句を言ってきた。

改めて厳選するとなると、弾かれる可能性もあるので嫌なのだろう。

「文句を言うなら、塗ってあげな～い」

莉奈はわざとらしく、プイッと顔を背けて見せた。

だって、碧空の君だけにならば塗ってもイイけど、それだと騒ぐでしょう。特に真珠姫が。

「「なっ‼」」

途端に二頭は反論をヤメ押し黙った。

莉奈がノーと言うのなら、それまでだ。

塗って欲しいからと無理に何かした所で、莉奈は簡単に折れるタイプではない。どちらかというと、武力行使に移るタイプだ。

そして、訳の分からない薬を飲んで、立ち向かってこられたら分が悪過ぎる。莉奈にはケガはさせられないし、こちらもケガをしたくない。

最悪、莉奈に何かあったら、あのフェリクス王に抹殺される事だろう。

「「集めればイイのですね」」

渋々といった形で、真珠姫と碧空《へきくう》の君は頷《うなず》いた。

塗らないと言われた訳ではない。何をどう厳選するかは謎だが、可能性があるのだから、ここは自分達が折れようと納得したのである。

「ちなみに塗るっていっても、全身には塗らないからね？」

「「え？」」

飛び立とうとしていた二頭にそう伝えれば、羽ばたくのをやめて振り向いた。

全身に塗ってくれると盛大に勘違いしていたらしい。

「全身じゃないのですか？」

碧空の君がそう言うものだから、莉奈は苦笑いした。

全身になんて塗る労力も掛かるし、お金がいくらあっても足りない。

「じゃないよ。全身キラキラしたらケバいし、品がないどころか馬鹿っぽいと思うけど？」

ピカピカキラキラの竜なんて、絶対にナイでしょうよ。

そんなにキラキラしていたら人からも魔物からも目立つし、そんなデコトラならぬデコ竜なんかに乗りたくない。恥ずかしい。

「「……」」

莉奈に言われて想像でもしたのか、真珠姫も碧空の君もそれには反論もぐうの音も出さなかった。

とりあえず、一時間くらいしたら竜の広場に行くと伝え、莉奈はいつも通り銀海宮《ぎんかいきゅう》の厨房《ちゅうぼう》に向かった。

「リナ、お前の番がさっき来たよ」

おはようと厨房に入れば、近くにいた料理人からそう言われた。

どうやら、あの二頭は先にココに来た様だった。

「心臓が止まるかと思った」

「竜と喋《しゃべ》ったの初めてだし」

「今もちょっとドキドキしてる」

莉奈は苦笑いするしかない。

いる場所を問われたのか、一部の料理人が興奮した様子で話していた。

あのコンビが、莉奈のおかげか莉奈のせいでチョイチョイ来る様になったから、怖いものの少しは慣れたみたいである。


「あ、そうだ。糠漬《ぬかづ》けモドキの野菜クズを捨てなきゃ」

すっかり忘れる所だった。

莉奈はいそいそと、端にある莉奈専用の冷蔵庫を開けた。

莉奈が色々と作れる様にと、一部スペースを開けてくれたのである。

「うん？　ずいぶん白いけど、これは正解なのかな？」

鍋《なべ》で作ったパンの糠床《ぬかどこ》モドキは、それらしく見える？　けど。

本来の糠漬けは、糠《ぬか》そのものの色だから黄土色。育てれば、少し茶色にはなるけれど。コレは白っぽい。

初めてだから、何が正解かも分からない。

「ま、いっか」

どうにかなるだろうと、考えるのをやめた莉奈は、野菜クズをゴミ箱に捨て、コレに漬ける野菜を何にするか食料庫を見に行く事にした。

「ニンジン、ニンジン」

定番のニンジン、大根、キュウリ辺りがいいかなと探していると、チラッと光る何かが見えた。

天井に魔石が埋まっていたのだ。色は水色っぽいから水か氷の魔石だろう。

あるとは知っていたが、上など見る事はなかったので気付かなかった。

「上がどうしたんだい？」

付いて来ていたリック料理長が、莉奈と同じ様に見上げた。

「え？　あそこに魔石が埋まっているなと」

「あぁ、氷の魔石」

「そっか、氷なんだ」

魔法鞄《マジックバッグ》も活用してはいるけど、毎日使うと鞄が傷む。皆が使い易い様に、ココを大きな冷蔵庫にしていると聞いた事がある。

見て料理《メニュー》を考える時もあるから、必要なのだと教えてくれた。

なるほど、氷の魔法が活用されていたのか。

「魔法鞄《マジックバッグ》がなかったら、ひょっとしたら冷凍庫もあったのかもしれないね」

魔法の鞄があるから腐らない。氷が欲しい時は魔法で作れるから、冷凍庫は必要なかったのである。

「あぁ、なるほど、冷凍保存」

莉奈と一緒にいる内に、色々な知識を持ったリック料理長は、莉奈のいわんとしている事が分かった。

凍らせれば保存が利くという事も、莉奈といたから理解出来たのである。

「わ、コレもニンジン？」

棚を見ていたら、木箱に入ったニンジンを見つけた。

形はニンジンだけど細長い、そして、自分の知っている色とは異なる。

「サンダール地方のニンジンは、スゴくカラフルなんだよ」

リック料理長は笑いながら、教えてくれた。

この時期からはいつもの産地ではなく、違う所から仕入れているのだそうだ。だから、いつものオレンジ色ではなく、白や黄色、紫色なのだと。

ニンジンはオレンジだと頭が認識しているから、違和感ありまくりだ。

気持ちの悪いくらいに、カラフルだったとうもろこしを思い出す。

「なら、この不気味な野菜は？」

その隣りに置いてある野菜を莉奈は指差した。

形としてはカブみたいにプックリしているが、色がオカシイ。

白はともかく、そこに紫色やピンク色も混じっていて、なんかこう迷彩柄である。正直言って気持ち悪い。

「大根」

「え？」

「大根」

「……」

莉奈、絶句である。

この世界の大根はハンドボール程の大きさ、形はカブみたいで柄が迷彩だった。

アレ？　今まで普通にあった野菜達はどこですか？

「エギエディルス殿下は今のリナみたいに、この時期の野菜を見ると渋い顔をなされるよ」

リック料理長は苦笑いしていた。

時期によって産地がガラリと変わるから、いつもの野菜も色や形など様々になるとの事だった。

確かに、昨日《きのう》まで普通にオレンジ色だったニンジンが、今日は紫色になって出て来たらギョッとするよね。

エギエディルス皇子の渋い顔が想像出来て、つい笑ってしまった。

それでも、彼の事だ。残さずしっかり食べるのだろう。

「この大根とニンジンでいっか」

莉奈は他の野菜を探すのを諦《あきら》めた。

試作段階だし、見た事もないカラフルな野菜に、これ以上別の野菜を探す気が削《そ》がれたのだ。

「野菜はそこにそのまま漬けるのかい？」

持って来た野菜をゴシゴシと洗う莉奈を見て、リック料理長が訊《き》いた。

「ニンジンは包丁の裏で、軽く皮を削いで適当な長さにする。大根は……キモい」

「キモいとか言うなよ」

莉奈の呟《つぶや》きに、マテウス副料理長が苦笑いしていた。

「とりあえず、皮は剥《む》いて漬かりやすい大きさに……うっわ、中までカラフル」

迷彩大根を半分に切って見たら、絵具を適当に垂らした様に中まで紫やピンクに染まっていた。

日本で売られている赤カブの漬け物は、中まで均一に赤いけど、これはマダラ模様である。実に食欲が削がれる。

美味《おい》しいのかなぁ～と不安になりつつ、ニンジンと一緒に適当に切ってパンの糠床に埋めた。

どんな味かちょっと味見してみようと、莉奈は迷彩大根を小さく切り、そのまま口にしてみた。

シャキシャキと良い歯応え、見た目はキモいけど、味は大根と変わりはない。青首大根と同じ様に少し甘さを感じる。

なら、漬けても美味しいだろう。

莉奈はパン糠床を冷蔵庫にしまい、まな板に残ったカラフルな野菜とにらめっこしていた。

「何してるんだ？」

しばらく、野菜とにらめっこをしていたと思ったら、莉奈がニンジンを切り始めたのだ。

リック料理長は、何をやり始めたのかとマジマジと莉奈の手元を見ていた。

「このニンジンは色が派手だから、こうやって飾り切りにしてスープとかクリームシチューに入れると、可愛《かわい》いかもしれない」

莉奈は輪切りにしたニンジンを、綺麗《きれい》に飾り切りして見せた。

「「「おぉォォーッ‼」」」

皆にどうかなと見せれば、歓声が上がった。

「すげぇ‼」

「ニンジンが花になった‼」

「可愛い」

そう、莉奈がしたのはニンジンを花に見せる飾り切り。

型抜きがあれば簡単だけど、ないから手作業だ。碧空の君も好きそうな可愛い飾り切りである。

「エドのスープとかには、コレを入れてあげると喜ぶんじゃないかな？」

白いクリームシチューに入れれば、カラフルだから映えて可愛いシチューに早変わりだ。

家には型抜きがあったから弟と一緒に作って、カレーやシチューに入れてたなと思い出す。

「確かにエギエディルス殿下は喜ばれそうだな」

リック料理長が大きく頷いていた。

莉奈も喜ぶエギエディルス皇子を想像してみたが、何故か向かいに座るシュゼル皇子の喜ぶ姿が浮かんだけど。

あれ？　オカシイな。花より星形にでもしたら、エギエディルス皇子は喜ぶかな。

莉奈はそんな事を考えながら、余った野菜を魔法鞄《マジックバッグ》にしまい、飾り切りの花は皆が手本にするというから小皿に置いといた。


「あっちでリリアン達は何作ってるの？」

新人組のリリアン達は、昼食用にと何か作っていた。

色々と問題を起こすリリアンも、珍しく真面目《まじめ》に作業をしている。

「あぁ、ロメインレタスとベーコンのサラダだよ」

ロメインレタスを千切り、スライスした玉ネギとトマト、カリカリに焼いたベーコンを載せたサラダだと、リック料理長が説明してくれた。

カリカリベーコンを作る時に出た油は、蒸したじゃがいもと混ぜるのだそうだ。

無駄がなくて、美味しい料理だよね。

「ドレッシングは？」

「簡単なオリーブオイルと塩、それに酢を混ぜた物」

個人で味を足せる様に、粒マスタードとカイエンペッパーは別に置いておくとの事。

「それ、全部混ぜても美味しいよね」

その二種類のドレッシングを混ぜれば、フレンチドレッシングの出来上がりである。

皆が気付いているかは知らないけど。

「「マジか」」

「あ、混ぜた事もあるよ～」

一部の人が驚いていると、リリアンは混ぜた事があるのか、混ぜた事のない仲間を見て笑っている。

リリアンは冒険心が強いというか、何も考えていないから、一皿に色んな物を載せて食べているからね。必然的に混ざるのだ。

それを聞いていた莉奈は、材料的にちょうどいいからと、もう一つドレッシングを添える事を提案する。


「ついでだから、チーズ好きには堪《たま》らない〝シーザーサラダ〟も作っちゃおうか」

「「「シーザーサラダ？」」」

「そう、シーザーサラダ」

莉奈はもう一度言うと、ボウルや材料をサクサクと用意した。

難しい作業も、手に入れ難い材料もない。簡単で美味しいドレッシングである。

「まず、シーザーサラダに必要なドレッシングを作るよ。ボウルにマヨネーズ、牛乳、擦り下ろしたニンニクを入れる。で、レモン汁と塩胡椒《しおこしょう》少々……」

「で？」

「混ぜて出来上がり」

「え？　それだけ？」

「うん、それだけ」

皆は驚いている様だけど、シーザーサラダのドレッシングはこれで出来上がりである。材料を入れて混ぜるだけ。ニンニクは好みだし、レモン汁は別に入れなくてもイイ。ほぼ、適当で出来る。

シーザーサラダなんて、仰々しい名前だから難しそうだけど簡単なのだ。

「リナ、シーザーサラダの〝シーザー〟って何？」

サラダを作っていたハズのリリアンが、莉奈の腕を突っついた。

「しらん」

莉奈は無表情でぶった斬る。

レストランのオーナーの名前だって聞いた事があるけど、真偽のほどまで知る訳がない。

シーザーサラダはシーザーサラダだ。

「出たよ」

誰かがそう呟けば、皆はつい笑ってしまった。

莉奈の作る料理はどれも美味しいが、どうしてそう作るとそうなるのか、どうしてその名前なのか謎だらけであった。

いつも〝しらん〟と答える莉奈に思わず笑っていると、チーズを手にした莉奈がこう言った。

「ならコレは何故《なぜ》〝チーズ〟って言うの？」

「「「しらん」」」

言われてみれば、チーズどころかレタスも何故レタスというのか知らない事に気付いた皆は、笑って返し作業に戻るのであった。

皆が戻った所で、莉奈は最終作業に移る。

「シーザーサラダは、さっきリリアン達が作っていたサラダの上にこのドレッシングをかけて、細かく削ったパルメザンチーズを載せると完成」

莉奈はチーズグレーターでパルメザンチーズを削って、たっぷり載せた。

この上に小さく切ってカリカリに焼いたパンを、クルトン代わりにちりばめてもイイ。

だけど、今日はこれで終わりである。

「ドレッシングにニンニク、サラダにチーズか」

なるほどと、リック料理長が顎《あご》をひと撫《な》で。

ドレッシングやトッピングも固定観念や型にはめず、色々と試す余地はあるなと、リック料理長は思ったのだ。

「ちなみに、この上に半熟トロトロの温玉を載せても美味《おい》しい」

好みは分かれそうだけど、莉奈はチーズたっぷりならなんでもイイ。

「半熟」

「トロトロ」

それを聞いた料理人達が、卵の用意をし始めた。

載せてみる気だろう。

「皆が作ってたオリーブオイルのドレッシングに、擦り下ろした玉ネギを入れても美味しいよ？」

「「擦り下ろした玉ネギ」」

サラダに玉ネギが入っているから考えた事もなかったと、バタバタと楽しそうに玉ネギを下ろし始めた。

日本みたいな下ろし器なんてないから、チーズグレーターでだけど。

途端に、グスグスとすすり泣く料理人達。

玉ネギって涙を誘うよね。

「玉ネギのドレッシングか。玉ネギの入っているサラダに玉ネギをぶつけるなんて想像しなかったな」

サラダにはもれなく玉ネギが入っている。

だから、ドレッシングには玉ネギなんて入れようと考えなかったと、リック料理長は唸《うな》っていた。

自分はまだ、未熟者だとため息を吐《つ》く。

だが、その衝撃を活力に変えるのが、リック料理長のスゴい所である。

「あ、なら茶色に炒《いた》めた玉ネギを入れるのもアリか？」

「アリだね」

ホラ、すぐにアレンジを思い付いた。

こういう所が、リック料理長の凄《すご》さだと莉奈は思う。

ヨシ、さっそく試そうと、リック料理長もドレッシング作りに参戦していた。

だから莉奈は、ついでにともう一つ教える。

「お酢の代わりにワインビネガーを入れるのもいいよ？」

「そうか。ワインビネガー‼　なら、バルサミコ酢もアリだな？」

「だね」

莉奈は、瞳《ひとみ》をキラキラさせるリック料理長に笑ってしまった。

奥さんにはトコトン弱いけど、料理の事になると表情がガラリと変わる。ラナ女官長も、リック料理長のこういう所に惹《ひ》かれたのかもしれない。

「あ、そろそろ、竜の広場に行かなくちゃ」

出来たシーザーサラダをいそいそと魔法鞄《マジックバッグ》にしまい、莉奈は白竜宮に向かう事にした。

◇◇◇

——その頃《ころ》、白竜宮の竜の広場では。

竜の女王こと真珠姫を筆頭に、色取りどりな竜が集まっていた。

紫、蒼、緑、黄、色の明るさや違いがある竜が、これだけ集まれば多種多様でまさに圧巻である。

今ここには人間の番がいる竜だけでなく、滅多に寄りつかない野竜も含め、軽く三〇〇はいるだろう。

いつも広く感じるテーマパークばりの広大な竜の広場だが、これだけ集まれば狭く感じる。

かつて、こんなにも竜が集まった事があるだろうか？

白竜宮で仕事をしていた官僚やら、近衛師団兵、一般所員が宮の窓から口をアングリと開けて見ていた。

「何が起きてんだよ⁉」

「知りませんよ」

「なんで集まってんだ⁇」

「アタシの番もいるし、え？　何コレ」

「俺、番がいないけど……今行ったら見つかるかな？」

「え？　ヤメとけよ。普通に踏《ふ》み潰《つぶ》されるんじゃね？」

「師団長は知ってんのかな⁇」

「それを言うなら陛下はよ。どういう状況な訳⁇」

「「「あ、リナだ‼」」」

騒めく白竜宮に、小さな人影が見えれば、皆は一斉に誰《だれ》だか分かり指を差す。

こんな非常事態な広場に、のほほんと莉奈が現れたのだ。

皆、驚愕《きょうがく》したのちに、唖然呆然《あぜんぼうぜん》である。

「「「はぁぁァアーーッ⁉」」」

「アイツ、何を平然と竜の群れに入って行ってる訳⁉」

「怖くないのかな。え？　怖いと思う私がオカシイの？」

「いや、普通に怖ぇよ」

「あれ？　リナって、真珠姫を倒したって噂《うわさ》なかった？」

「あったあった‼　え？　だから竜も平伏《ひれふ》してるのか？」

「はぁ？　んじゃ、リナって実は師団長より強いとか？」

「えぇっ⁉　それって超ヤバくね⁉」

フェリクス王が統率した上で集まっているならまだしも、何の前触れもなく集まっている竜の中にテクテクと入って行ったのだ。

野竜まで交じっているのに、恐怖はないのかと皆が逆に身体《からだ》をブルっと震わせた。

自分だったら、竜の周りにいるだけでいっぱいいっぱいだと、さらに唖然《あぜん》とする。白竜宮中が竜と莉奈の行動に騒めいていた。


白竜宮の人達が戦々恐々としている中、莉奈はとりあえず中心近くまで歩み寄った。

凄く集まったなと辺りを見渡して見れば、すぐ側に薄紫の小竜がいた。

エギエディルス皇子の番である。

「わ、見ない内に大きくなったね～」

もはや莉奈は母親な気分になっていた。

翼を広げてやっと軽トラックくらいだった小竜は、ダンプカー並みに成長していた。強い竜程成長が早いという噂もある。

エギエディルス皇子の番は、この感じからも相当な力を秘めているのかもしれない。

「ぎゅわ」

目を垂らしニヤケながら近付いて来る莉奈を、小竜はビクリとしてからジリジリと後退《あとずさ》りする。

相変わらず、莉奈は懐かれていなかった。

「小さいのになど構ってないで、集めたのだから早く塗って下さい」

小竜の横にひょこっと出て来たのは、碧空《へきくう》の君だった。

集めれば美容液を塗るなんて言った覚えはないのだが、都合の良い解釈をしたらしい。

そんな碧空の君など無視して小竜を見れば、躓《つまず》きながらまだ後退りしていた。

その姿さえも可愛《かわい》い。何してもスゴく可愛い。

「竜って、ひょっとしなくても後退りって苦手な感じ？」

小竜の後退りを良く見るが、どうもたどたどしい。

竜に似ているトカゲや爬虫類《はちゆうるい》は、後ろに戻るのが苦手だったハズ。亀なんか特に前進あるのみで、後退りなんて滅多にしない。

それは足の構造上、後退りが得意な生き物ではないからだ。竜もひょっとして？　と莉奈は感じたのである。

「だから、なんですか？」

碧空の君は弱点を見つけられたとばかりに、不機嫌になっていた。

苦手では悪いのかと、不服そうである。

莉奈は竜もトカゲもそうなんだね、とは言いづらかったので、何か違う生き物の名を……と考え過ぎて、一番最悪な生き物をチョイスしてしまった。

「〝ゴキブリ〟もバック出来ないんだよね」と。

「「「あんな生き物と、一緒にしないで下さい‼」」」

これには、竜一同からブーイングが上がるのは言うまでもなかった。

「ま、とりあえず、話を進めよう」

莉奈が話を切り替えれば、お前が一人で勝手に逸《そ》れたのだろうという視線が向けられた。

視線は痛いが仕方がない。

しかし、ゴキブリはこの世界にもいるとは……イヤだなと莉奈は思った。

「え〜と、美容液は全員？　全竜には塗りません」

「「「えぇエェーーッ」」」

莉奈がまずそう言えば、竜一同からブーイングと落胆の表情が見えた。

真珠姫と碧空の君はどうせ細かく説明などしないで、竜達を集めたに違いない。

「ハイハイ、最後まで聞いて〜。部屋と一緒で、個性があるから光って見えると私は思う」

莉奈はブツブツと文句を垂れる竜達を、フライパンを棒で叩《たた》き鳴らして落ち着かせる。

もしも竜たちに暴れられた日には、莉奈、ここに没するである。

「確かに、同じ部屋だとつまらないですよね」

とは碧空の君。

莉奈に部屋をリノベーションしてもらい、比べる楽しさもあると分かったからだ。

皆、同じ部屋ならば、改装してもらった価値も半減しただろう。

「は～い。私もここに住めば〝碧空の〟みたいな部屋にしてもらえるの？」

元気いっぱいの黄色の竜が、手ならぬ翼を挙げた。

野竜もチョイチョイ、ここに来ては部屋を覗《のぞ》いている様だった。

「まずは人間の番を探して下さい。部屋を改装するのは番なので」

「ふぅん。んじゃ探す」

ココに、リノベーションありきで番を見つけようとする竜がいる。

こんなので良いのだろうか？　と思わなくはない。

だって、人が竜の番を持てば竜騎士となる可能性がある訳だし、選ぶ竜があんな軽い気持ちでイイのかな？

そんな事を考えながら、莉奈は他の竜に向き直る。

「えっと……美容液を塗って欲しい竜は皆で競ってもらいます」

「「「競う？」」」

竜が一斉に首を傾《かし》げた。

もれなく小竜もだ。何コレ、ものスゴく可愛いんですけど。

「この国にいる魔物、生物、植物限定で、一番希少価値のある素材や植物。あるいは、美味《おい》しい食べ物を探した竜に限り、称号？　違うな〝栄誉〟の一つとして美容液をどこか一か所に塗る事にしようと思う」

「栄誉」

「希少価値」

「魔物か生物」

「食べ物」

皆が莉奈の話す言葉を反芻《はんすう》し、頭に入れていた。

そして、自分の知る限りの希少性のある物について、記憶を手繰っているのだろう。

「それに先立って守ってもらいたいのは、この国の物限定という事。普通に暮らしている人間には迷惑行為はしない。後、見てないからって国境越えないでね。それで変に騒ぎが起きたら、たぶん陛下に処分されちゃうと思うから」

「「「……!!」」」

フェリクス王の名を出した途端に、竜達が硬直した。

この場にいなくても、どこかで目を光らせているってだけで恐怖のようだ。

だが、そのおかげで素材欲しさに他国には行かないだろう。

「制限時間は……明日の夕方までかな。日が暮れた時点で何を持って来てもアウトという事にする」

莉奈が競技？　の内容を説明すると、竜達がソワソワし始めた。

我先にと探しに行きたいのだ。希少な物なら、早い物勝ちである。

知っている限りの希少な物を、自分が一番に持って来ようと算段していた。

「ちなみに、美容液を鱗《うろこ》に塗るとどうなるか見ておく？」

莉奈がそう言えば騒めきが止まり、一斉に莉奈を見た。

王竜はここにいない。美容液を塗るとどうなるのか知らず、なんとなく来ていた竜もいる。なので、竜達は互いに顔を見合わせ、見たいとさらに莉奈の周りに集まり密になった。

「エドの小竜ちゃん。キラキラにしてあげるからおいで〜？」

参加出来そうもないエギエディルス皇子の小竜に、莉奈は話し掛けた。

碧空の君の近くに隠れていた小竜は、キョロキョロとして皆にお伺いを立てていた。

自分が塗ってもらって良いのか、莉奈に塗ってもらって大丈夫なのかを訊《き》いているのだろう。

「塗ってもらいなさい」

真珠姫が優しく話し掛けると、小竜は「きゅわ」と小さく鳴いて、莉奈の目の前にチョコチョコと歩いて来た。

「鱗じゃなくて、爪にする？」

足の爪に塗れば色は付かないけど、ペディキュアみたいで可愛《かわい》いかもしれない。

莉奈はニッコリと、笑った。

『する』

可愛《かわい》らしい小さな声が、莉奈の頭に入って来た。

驚き小竜を見れば、おずおずと念話《テレパシー》で話し掛けてきた様だった。

――超可愛い～っ‼

莉奈、デレデレである。

まだ小さいので、声が幼くて高めで可愛い。堪《たま》らんとばかりにニヨニヨしていれば、碧空の君から早くしろと催促があった。

急《せ》かされ莉奈は仕方がないなと、魔法鞄《マジックバッグ》から寸胴鍋《ずんどうなべ》を出した。

周りに取りきれなかった美容液が、へばり付いているからだ。

申し訳ないけど、ラナ女官長達がくれた小瓶の美容液は、竜にはもったいない。なので、コレでいいだろうと寸胴鍋の中から指で掬《すく》い取り、薄紫の小竜の右足の爪一本に丁寧に塗ってあげた。


――数秒後。

ポゥと淡い光が爪を覆った。

その瞬間、無数にあった細かい傷がなくなり、爪がまるでマニキュアを塗ったかの様に艶々《つやつや》になり、日が当たると神々しくキラリと輝いて見えた。

『キレイ』

薄紫の小竜は、自分の爪に見惚《みと》れていた。

人間と違って磨く事のない竜の爪は、野ざらしなので薄汚れているし傷も付いているしで、光る

事はないから驚きながらもウットリと惚《ほう》けていた。

「爪も綺麗《きれい》になるのですね～」

「あぁ、でも手の鱗も捨てがたいですね。一番になったらどこにしよう」

碧空の君と真珠姫は、もう美容液を塗ってもらう気分でいるらしく、小竜を見たり自分を見たりで、ワクワクとしていた。

「アレを塗ってもらえるのか‼」

「キラキラしてスゴく綺麗‼」

「希少価値の高い物ってなんだ？」

「ユニコーン？」

「ケルベロス？」

「ゴナサン・トローチェ？」

「でも王城の周りには、弱小《アホ》しかいない」

「明日の夕方」

「「一番は私（俺）だ‼」」

ザワザワと騒ついた後――。

キラキラとした物が大好きな竜達は、莉奈が開始の合図を送るや否や、雄も雌も関係なく競う様に空へと羽ばたき、あっという間に消えたのであった。

あんなに竜が一斉に飛ぶと、この場にはちょっとした竜巻みたいな風が起きる。莉奈は危うく飛ばされる所だった。


「うわぁぁ〜。空がカラフルだ」

風が収まった後、空を見上げると――。

空は一面竜で埋め尽くされ、多様な色が青空に広がった。

ものスゴく雄大で優雅な景色《けしき》である。

異世界ならではの景色を、莉奈は堪能していた。

「きゅーぅ」

参加しなかった小竜が、莉奈の近くで寂しそうに鳴いていた。

楽しそうに行く仲間達を横目に、自分は行けなかったからいじけているようにも見えた。

莉奈はその姿が、なんだかエギエディルス皇子に似ているなと思った。

背伸びしたい年頃は、竜にもあるのかもしれない。

「ご飯食べる？」

なんだか可愛いなと思った莉奈は、碧空《へきくう》の君用に用意していた果物の盛り合わせを小竜の前に出してみた。

花やリボンに可愛らしく飾り切りした果物と野菜である。

『わぁぁァ〜ッ‼』

それを見た小竜の顔の周りに、パァと華やかな花が咲いた。

『いつもご飯を作ってくれてるの、お姉ちゃん？』

「だよ？」

お姉ちゃんだと⁉　何それ、超可愛いんですけど。

エギエディルス皇子に頼まれて作ってきた甲斐《かい》がある。何コレ、口が緩んじゃうんだけど。

「ありがと」

まだ言葉を口に出すのは苦手なのか、たどたどしくお礼を言う小竜に、莉奈撃沈である。

エギエディルス皇子も可愛いけど、その番《りゅう》も可愛いとかヤバ過ぎでしょう⁉

小竜がモグモグと食べる横で、ずっとニヨニヨとしている莉奈だった。


「野竜なんて、俺初めて見たかも」

「野竜どころか、あんなに竜がいた事に驚きなんですけど⁉」

「だよな。竜って、数が少ないって聞いてたけど結構いたのな」

「私、白竜宮を壊されるかと思った」

「あたしなんて、足がまだガクガクしてるし」

「何でリナは平気なの⁉」

「いや、ていうかなんで、そこら中の竜が集まってたんだよ？」

「「「それな‼」」」

興奮冷めやらぬ白竜宮の人達は、仕事も忘れて雑談をしていた。

何か話していないと、興奮し過ぎて落ち着かないからである。

「いいから、お前達……仕事に戻れ」

「「「はい」」」

上司に言われ、騒いでいた人達は後ろ髪を引かれる思いで仕事に戻るのであった。


一方。竜の広場では――。

爪をキラッキラにしてもらい、美味《おい》しいご飯まで貰《もら》ったエギエディルス皇子の竜は、至極ご満悦な表情で「ピュルル～」と鳴き、散歩に向かって行こうとしていた。

「エドの竜、かわゆす」

ルンルンとスキップでもする様に、莉奈から距離を取って地を蹴《け》り上げた小竜。

空を飛びながら鼻歌でも歌っているのか、楽しそうな鳴き声がしばらく小さく聴こえていた。

歓喜の声まで聴けた莉奈も、ご満悦である。

小竜のためにもっと可愛《かわい》い飾り切りを覚えなくては、と莉奈は白竜宮に足を向けた。

辺りに竜がいなくなると、この広場が途端に広く感じる。

その広大な広場に、ポツンと一人でいると無性に寂しい。世界に自分だけしかいない様な気分に駆られた。

『ヤレヤレ、やっと静かになりおったわ』

頭上から声が降って来たと思ったら、軽い砂埃《すなぼこり》を立てて、莉奈の背後に王竜が舞い降りて来た。

そういえば、先程の集まりに王竜はいなかったなと莉奈は今、気付いた。騒がしかったので、どこかで静観していた様だ。

「あ‼　足に美容液を勝手に塗ってすみませんでした」

そうだ。そんな暢気《のんき》な感想を漏らしている場合ではなかったと、莉奈は慌てて王竜に頭を下げた。

勝手な事をした結果がコレなのだ。王竜には一番に謝罪しなければならない。

「ハハハッ‼」

だが、王竜はされた事を怒るどころか、逆に豪快に笑い飛ばしていた。

「気付かぬ我がマヌケだったという事よ。気にするでない」

危害を加える気だったら気付いただろう。

だが、まさか自分に、美容液なる物を塗るなんて想定もしていなかった。元よりおかしな行動を取る莉奈だから、少しばかり言動がおかしくても〝リナだから〟と気にも留めなかったのである。

「まぁ、太腿《ふともも》では少々カッコがつかんがな」

塗られた事より、光る部位が気に入らない様子の王竜。

自分の左脚を見て、少しだけ不服そうな声を出す。

「よろしければどこかお詫《わ》びに、違う場所に塗りましょうか？」

なら、お詫びも兼ねて、満足する部位に改めて塗ってあげようかなと、莉奈は思い立つ。

「よいのか？」

「構いませんよ？　迷惑を掛けたのは私ですし。いつもお世話になってますし」

お伺いを立ててきた王竜に、莉奈は快諾した。

直接的にではないにせよ迷惑かけているのは確かだし、どうせなら王竜の好きな所に塗ってあげたいからね。

「うむ。なら、どこかに……」

王竜はそう言うと、翼を広げたり手を見たりしていた。

どこに美容液を塗ってもらうか、吟味しているのか真剣だ。

「爪なんか良いと思いますよ？」

エドの竜は手の爪に塗ってあげたら、ものスゴく喜んでくれた。王竜はどうだろう。

「爪か」

王竜は莉奈にそう勧められ、自分の右手〈右前足〉を見た。

しばらく考えた後、王竜は決めた様子でうむと呟《つぶや》いた。

「あぁ、そうだ。ならば我の宿舎に、目印として飾っている鱗《うろこ》を綺麗に磨いておいてくれ」

「え？」

「良く考えたら、自分が綺麗になる必要性が見出せん。部屋に置いてある物で十分だ」

さすが王竜と感服すれば良いのだろうか。

光り物が好きな竜でも、冷静に考えたら自分である必要はないと思ったらしい。

まぁ、王竜らしい判断だなと頷《うなず》く一方で、やっぱり王竜も光り物好きなんだなと苦笑いする。

「わかりました。丁寧にかつ綺麗に磨かせて頂きます」

ついでに、部屋の掃除もしておこうと莉奈は考えた。

「うむ。礼と言ってはなんだが、部屋にいくつか木の実が転がっていたハズ。欲しければ勝手に持って行くがいい」

「え？　木の実ですか？」

「そうだ。独特な風味のある木の実でな。人はまったく食わんようだが、たまに塩味が欲しい時に食っているのだ。興味があるなら持っていくといい」

「ありがとうございます」

もちろん、鑑定を使える王竜は人にも害はないと、理解した上で莉奈に勧めたのだ。

誰《だれ》も見向きもしない木の実でも、お前ならば存外料理に活かせるだろうと。

それを聞き、どんな木の実だろうと、莉奈は少しだけワクワクしていた。

「あぁ、ただ」

王竜は空に羽ばたこうとして、思い出した様に振り返った。

「木の実の外皮はやたら硬い。頑張って割れ」

「え？　あ、はい」

そう言って小さく笑った王竜は、軽やかに地を蹴り空に溶けて行ったのであった。

王竜がそこまで言うのだから、ものスゴく硬いのだろう。

それが原因で、人は食べないのかもなと、王竜は笑っていた。

どれくらい硬いのかな？　と考えながら宿舎に向かう莉奈なのであった。

第6章　王竜のくれた〝贈り物〟

莉奈《りな》は竜の宿舎に向かいながら、王竜が寛大で良かったと思った。

害がないとはいえ、勝手な事をされたら激昂《げきこう》する可能性すらあったのだ。今度からは気を付けようと心に留めておく。

残念な事に、莉奈にはヤメるという選択肢はなかった。


「あ」

王竜の宿舎に着いて気付いた。

太い梁《はり》に付いている竜の鱗は、やたら高い位置にあって取れる訳がなかった。長い梯子《はしご》が必要である。

「確か、外に立て掛けてあったな」

そう思い出した莉奈は、一度宿舎の外に出た。

倒れない様にしてある留め具を外し、梯子に手をかけると、背後から声が聞こえた。

「リナ、一人じゃ危ないぞ。手伝おう」

「え？　ありがとうございます」

現れたのは、相変わらずデカいゲオルグ師団長だった。

アメリア同様に、難民支援から帰城していたのだろう。

ゲオルグ師団長は顔が厳ついのとは反比例して、優しいからついつい敬語を忘れちゃうけど、それも怒らないんだよね。

実に寛大で、大人だ。

「何をするつもりだったんだ？」

両端を持って行くのかと端で待ち構えていたら、ゲオルグ師団長は真ん中から軽々と一人で抱えていた。

莉奈の出る幕などなしである。むしろ、手出しした方が邪魔だった。

「王竜の部屋の目印の鱗を磨こうかと」

「なるほど？　で、竜達を集めて何を企《たくら》んでたんだ？」

企んでいるなんて失礼な。

どうやら、手伝いを理由とした本題はそちらのようだ。

「美容液の説明をして、それを全竜に塗るのは無理だって話したんですよ」

美容液を懸けた〝素材採取合戦〟の話は黙っておこう。

まぁ、どうせすぐにバレるだろうけど。

「美容液……あぁ、美容液……な」

ゲオルグ師団長が苦笑いしていた。

女性陣が騒ぎに騒ぎまくっていたのは知っていたが、竜までかと考えると頭が痛いらしい。彼の竜も雌だから、他人事《ひとごと》で済まないのだろう。

「だけど、竜が突然、何を言い出したんだ？」

だが、ゲオルグ師団長は、何故《なぜ》竜がそんな事を言い出したのか分からない。莉奈が王竜に塗ったキッカケを知らないからだ。

「それは、その？」

莉奈は渋々、王竜に興味半分で塗った事、それにより、光り輝いた事、それを真珠姫達に見られた事などを説明した。

「あ〜。光り物」

ゲオルグ師団長は、すべてを悟った様だった。


「そう言えば、美容液。ジュリアさんの分は貰いました？」

奥さんや恋人の分も、管理している侍女に説明すれば今なら貰えたハズ。

奥さん至上主義のゲオルグ師団長なら、絶対に欲しがるに違いない。

「もちろん貰《もら》ったよ。今から渡すのをワクワクしている」

嬉《うれ》しそうにする奥さんを想像したのか、ゲオルグ師団長の表情は蕩《とろ》けていた。

王宮勤めの人の特権みたいな物だから、ジュリアはものスゴく喜ぶに違いない。

しかし、相変わらず仲が良くて羨《うらや》ましい限りである。

「なんだコレ？」

鱗を磨き、部屋の藁《わら》を替えていたら、床に何かがゴロンと数個落ちていた。ひょっとしなくても、コレが王竜の言っていた〝木の実〟なのだろう。

大きさはハンドボールほどで、焦げ茶色の見た事もない木の実。表面は産毛が生えていて、形はおにぎりみたいな三角形をしている。

その三角形の天辺《てっぺん》は少し窪《くぼ》んでいて、木の実特有のヘタがあった跡がある。

重さは片手で持つには少し重い。水の入った1・5リットルのペットボトル、二本分くらいなズッシリ感があった。

「ゲオルグさん。コレなんだか知ってる？」

「いや、知らないな」

王竜が食すと言っていたから、他の竜もなのかなと思えば、そうではない様だ。

ゲオルグ師団長も、見た事がないらしい。

「リナの作った〝おにぎり〟みたいだな」

お米がどんな食べ物か、カレーの時におにぎりを少し用意していたので、ゲオルグ師団長はそれを食べたか見たのだろう。

「スゴく硬そう」

試しにコンコンと拳《こぶし》で軽く叩《たた》いてみれば、叩いた手が痛かった。

「くるみ割り人形なら部屋にあるが、サイズが全く合わないな」

割るのならそれなりの器具が必要だと、ゲオルグ師団長は床に落ちていた木の実を拾った。

「王竜は、人は食べない木の実だって言ってたよ？」

「マズイのか？」

「ううん。硬いからだろうって」

割るのに一苦労する木の実。

あの竜が硬いと言うのだから、相当な硬さに違いない。なら、他に楽に食べられる物があるなら、食べないだろう。

近所の庭に生えていた柿やイチジクの木も、せっかく毎年立派な実が生っていたのに、家主は一切食べていなかった。

なんで食べないの？　と訊《き》いたら、昔は食べていたけど味は安定しないし、手軽で美味《おい》しい果物がスーパーで買える。だから、食べるのはその辺の鳥だけだって〝焼き鳥〟という名のインコを飼うお爺《じい》さんが、笑って言っていたっけ。

王宮に生っていたククベリーも、以前は誰《だれ》も食べていなかったし、そのお爺さんと似たような感覚だったのかもしれない。

「とりあえず、集めたけど……どうするんだ？　この木の実」

藁に紛れて一〇個くらい、その不思議な木の実があった。

ゲオルグ師団長も、莉奈を真似て叩いたりしていたが、ビクともしなかった。

「王竜がくれるって言うから、貰ってく」

人にも害はないって言ってたし、食べられる様なら食べてみたい気もする。


【ユショウ・ソイ】

夏は暑く冬は寒い、気候のハッキリした沿岸部地帯を好んで自生する単子葉植物。

世界一硬い種子。


〈用途〉

硬い種子を割ると種子の内側に、層状に形成される固形胚乳《はいにゅう》から得られる、塩辛い乳状の食材が存在する。

若い種子は表皮が薄い黄色だが、熟すと濃い茶色に変化し調味料として使用可。

〈その他〉

食用である。

若い種子の果汁は、濃度の高い塩水。

熟成すると、赤茶色や焦げ茶色の液体調味料となる。

稀《まれ》に、琥珀色《こはくいろ》の液体調味料が出来る。


「赤茶色や焦げ茶色の調味料？」

莉奈はさっそく【鑑定】を使い視たが、イマイチ良く分からなかった。

莉奈の鑑定は、たまに〈用途〉に使い方以外も補足してくれるが、この〝固形胚乳〟だけでは、調味料になるとしか理解出来ない。

赤茶色や焦げ茶色系の調味料ってなんだろうと、調味料を【検索】したが反応せず。ならばと〝赤茶色や焦げ茶色の液体調味料〟を【検索】して視た。


【赤茶色や焦げ茶色の液体調味料】

とある世界で〝醬油《しょうゆ》〟と呼ばれている調味料に、味が酷似している。

醤油。

しょ・う・ゆ。

醤油キターーーーッ‼

莉奈は、拳を天高く上げると、一人で小躍りしていた。

醤油は本来、大豆と小麦で麹《こうじ》を造り、塩水に浸けて長期発酵させた調味料だ。

この世界にはないのだと、完全に諦《あきら》めていた。なのに、まさかの種子、木の実という形で手に入れるなんて、想定外の出来事。超ラッキーである。

異世界なのだから、こういうイレギュラーもある訳だ。

なら、味噌《みそ》が入っている木の実だってあるかもしれない。

あぁ、なら、チョコレートも種子じゃなくて、加工したモノが木の実に入っていればイイのに‼

莉奈が興奮して踊っていると、ゲオルグ師団長が怪訝《けげん》な顔をしていた。

「ソレは、なんだったんだ？」

莉奈が【鑑定】を使用したと感じたゲオルグ師団長は、その実が何なのか訊いてきた。

莉奈が踊るほどの何かなのだろう。

「液体調味料だって‼」

「え？　調味料？」

「そう‼　中の果汁？　実の汁が液体調味料、醤油が入ってるんだって‼」

そう説明したら、ボソリと「なんだ、酒じゃないのか」と呟《つぶや》くから、莉奈は呆《あき》れてしまった。

果汁がお酒なんて事、ありますかね？

でも、この世界なら、それもありそうだなと同時に思う。

「酒なんてどうでもいい‼　コレで、美味しい日本食がたくさん作れる‼」

「なんだか良く分からないが、良かったな」

ゲオルグ師団長は、嬉しそうに笑う莉奈の頭を優しく撫《な》でていた。

醤油がなんなのかサッパリだが、莉奈が笑っているのを見るのは、こちらも楽しくなる。

「ヨシ。そうとわかれば、さっさと部屋の片付けを終わらせなきゃ」

早々に部屋を片付けて、本当にこの実の中に醤油が入っているのか確かめたい。

莉奈は【ユショウ・ソイ】を魔法鞄《マジックバッグ》にしまい、ゲオルグ師団長と食べ物の話をしながら、急いで綺麗《きれい》に掃除するのであった。

◇◇◇

――ガンガンガン‼

ゲオルグ師団長と別れた莉奈は、白竜宮《はくりゅうきゅう》の軍部から金槌《かなづち》を借り、竜の広場の一角で夢中になって木の実を叩いていた。しかし、少し凹んだくらいで、まったくビクともしなかった。ヒビすら入らない。

こんな硬い種子を、王竜はバリバリ食べているのか。竜の歯はものすごく頑丈である。

「お前、何をやってんだよ？」

「……」

「お前は、何をやってんだよ‼」

声に気付き顔を上げれば、一心不乱に木の実を叩く莉奈の姿に、恐怖を感じ怯《おび》えた表情のエギエディルス皇子が目の前に立っていた。

その少し後ろには、さっき会った薄紫の小竜の姿が。

莉奈の血走る様な目に、怯えている。

「ん？」

「ん、じゃねぇよ。何を叩いてるんだよ」

「醤油の実」

もはや莉奈の頭では、〝ユショウ・ソイ〟は醤油の実だった。

莉奈は、そう答えると再び醤油の実に向き合いガンガンと叩く。

「「……」」

エギエディルス皇子と小竜は、莉奈の叩く姿にドン引きである。

親の仇《かたき》かよというくらい、叩きに叩きまくっているのだ。

「だーーーーっ‼」

ビクともしない木の実に、莉奈は地に倒れた。

一向に割れる気配のないユショウ・ソイこと、醤油の実に莉奈は完敗である。

割れない。何をしても割れない。金槌くらいでは、まったく歯が立たなかった。

「お前、少し落ち着け？」

エギエディルス皇子はさらにドン引きし、小竜は怖いを通り越して呆れ口をアングリと開けていた。

原始人も真っ青なくらいに、莉奈は木の実を叩いている。何が莉奈を掻《か》き立てているのか、エギエディルス皇子には分からない。

「コレが落ち着いてられますかーーっ‼　この国の人の血が酒で出来ているなら、私の血は醤油で出来ているんだよ‼」

訳の分からない事を叫び、莉奈は再びガンガンとユショウ・ソイを金槌で叩き始めた。

エギエディルス皇子と小竜は、顔を見合わせて唖然《あぜん》としていた。莉奈が壊れていると。

しばらく、一人と一頭は莉奈を見ていたが、結果変わらず数分後には莉奈は再びユショウ・ソイの前に倒れていた。

手も痛いし肩も痛い。どうやったら割れるのか分からない。

「私はもう……死ぬのかもしれない」

醬油が目の前にあるのに、指を咥《くわ》えているだけしか出来ないなんて悲し過ぎる。なら初めからなければ良かったのに……。

莉奈は泣き崩れたのだった。

「大袈裟《おおげさ》過ぎるだろ。アホ」

エギエディルス皇子は呆れ果てていた。

木の実が割れないくらいで、何で泣いているのか理解出来ない。

「エド～。コレ割って?」

莉奈はエギエディルス皇子に、少し凹んだユショウ・ソイを差し出した。

「それだけお前が叩《たた》いて割れないのに、俺に割れる訳がねぇだろ?」

お前と違ってか弱いんだよと、エギエディルス皇子は口端を上げた。

ますます、兄王に似てきたなと莉奈はため息を漏らした。

可愛《かわい》いエドくん、カムバック。


「あ」

兄王で思い出した。

そうだ。この国には豪腕がいた。我らが魔王様に割って頂こう。

莉奈は良い考えだと、エギエディルス皇子と小竜の存在をすっかり忘れ、銀海宮《ぎんかいきゅう》に向かうのであった。

◇◇◇

「で、俺の所に来たと？」

執務室に来た莉奈が事情を話せば、フェリクス王が呆れた様子で笑っていた。

自分の所に来た理由が、実に下らない。

どこの世界に木の実を割れと、国王に持って来るバカがいるのか。いや、ココにいた。

「リナ。陛下は暇ではないのですよ？」

あなたとは違って……と。

フェリクス王の補佐役もこなしている執事長イベールが莉奈に、いつも以上に厳しい視線を向けた。

忙しいフェリクス王の手を、煩わせるのではないと、呆れと怒りが混じっていた。

「ですが‼　コレはステーキが一番美味《おい》しく食べられる〝魔法の調味料〟なんですよ‼」

醤油の前に、執事長イベールの氷河の様な視線など、まったく怖くない莉奈は、キラキラッとした熱視線で溶かしていた。

「マジかよ」

莉奈を追いかけて来たエギエディルス皇子が、後ろで目を見張っていた。

莉奈が醤油醤油《しょうゆしょうゆ》と騒いでいたが、そんな調味料だとは微塵《みじん》も思っていなかったのだ。

「マジマジ大マジ‼　エドバンテージ殿下。コレは〝からあげ〟がさらに美味しく頂ける調味料でもあります‼」

莉奈はピシッと、エギエディルス皇子に敬礼して見せた。

ニンニク醤油のからあげなんて、堪《たま》らない旨《うま》さだよね。想像しただけでヨダレが出ちゃうよ。

莉奈が〝からあげ〟と口に出した途端に、エギエディルス皇子の可愛い瞳《ひとみ》がキラッと光った。

「あのからあげが、さらに旨くなるのか⁉」

「なる。なる。超なる‼　ニンニク醤油なんて、からあげ最強の味だと私めは自負しております。エージング殿下」

「最・強‼」

呆れるフェリクス王の目の前で、末弟と莉奈が楽しくやり取りをしていた。

普通なら下らない事で、政務の邪魔をするなと叱責ものだが、二人が楽しそうにしていたので、怒る気が完全に削がれていた。

むしろ、二人が楽しければ、それはそれでいいかなとさえ思う程だ。

「陛下‼」

「兄上‼」

キラキラとした期待しかない瞳で見られ、フェリクス王は失笑していた。

その木の実をどうやって手に入れたか知らないが、割れば帰ると言うのだから、割ってやろうとフェリクス王は折れた。

仕方ないなと盛大にため息を吐《つ》いて、重い腰を上げたのだった。

「で、この実の中に、醤油《しょうゆ》とかいう液体が入ってるのかよ」

「ですです‼」

「なら、割るより斬った方がいいんじゃねぇの？」

「え？」

「単に割ると、液体が漏れるだろうよ」

フェリクス王は、莉奈が持つ三角形のユショウ・ソイの実をチラッと見た。

割るくらい簡単だが、変に割れば中身は全部流れてしまうだろう。フェリクス王はやるからにはと、考えてくれていた。

「きる？」

莉奈は自分で頼んだのに、何故か背筋がゾワリとするのを感じた。

「コレで……だ」

フェリクス王は、腰に着けている魔法鞄《マジックバッグ》から刀を出した。

刃先が光に反射してキラッと光ったが、それがまたフェリクス王の怖さを引き立てている。

人の悪そうな笑みを浮かべさせたら、世界一だよね。この方。

「あ、じゃあ、よろしく――」

お願いしますと木の実を差し出して頭を下げたら、フェリクス王は受け取らず口端をさらに上げた。

「頭の上で持ってろ」

「はい？」

「斬ってやるから、そのまま頭上で固定しとけ」

「……え？」

「頭の上」

「……」

莉奈はそう言われ、目を見開き固まった。

え？　何それ。

私の頭に乗せた木の実の先を、その長い刀でスパッと斬るって事⁉

大道芸人かウィリアム・テルみたいじゃん。イヤだよ、そんな恐ろしいやり方。

莉奈はチラッと、隣を見た。

「エドくん。はい」

「はい、じゃねぇんだよ。お前がフェル兄に頼んだんだろ⁉」

「息の合った兄弟の方が、キレイに斬れると思う」

「あ？　フェル兄と息が合った事なんかねぇよ⁉」

「またまた～」

莉奈とエギエディルス皇子の、醜い押し付け合いが始まった。

言い訳をしながらお前がやれと、その姿はまるで仲の良い姉弟《してい》の様である。


——シュパ。

そんな押し付け合いの最中、風が切れる様な不思議な音がした。

そして、次にカンコロと音がしたので下を見れば、莉奈の足元には三角形の茶色い何かが落ちていた。

「え？」

何が起きたのだろうと足元を見た後、顔を上げれば……フェリクス王が微苦笑している姿があった。

手には何も持っていない。刀は冗談で出したのか、手にはもうなかった。魔法鞄《マジックバッグ》にしまったらしい。

何が起きたか分からない莉奈が、なんとなく自分の手元を見たら、金槌《かなづち》で叩いてもあれほどビクともしなかったユショウ・ソイが、先だけ綺麗《きれい》に切れていた。

「それでいいんだろ?」

落ちた破片と自分の手に持つ木の実を、交互に見て呆然《ぼうぜん》とする莉奈に、フェリクス王は笑っていた。

騒いでいた割に、大人しくなったなと。

「ど、どうやって、切ったんですか⁉」

押し付け合っていたのに、切れた事が気になり思わず口にしていた。

切り口はガタガタも、トゲトゲもしていない。ヤスリで磨いた様に綺麗だった。

では、何を使って切ったのか。莉奈の興味は何故かそちらに移っていた。

「疾風かよ」

エギエディルス皇子が、悔しそうな声で呟《つぶや》いていた。

「疾風?」

「〝かまいたち〟ともいうな」

悔しそうな末弟の頭をグリグリ撫《な》でながら、フェリクス王が〝風の魔法〟だと教えてくれた。

エギエディルス皇子が悔しそうにしているのは、その精密さである。

莉奈達が押し付け合っている間に、微量の魔法を使って先を切り落としたのだ。しかも、動く標的に真っ直《ま　す》ぐにである。

それは、針に糸を通す以上の精度が必要だと、莉奈は後から聞いて知ったのだった。

莉奈がスゴいなと、素直に感心している横で、エギエディルス皇子が兄王に触るなと必死に抵抗していた。

息を吸う様に簡単にやってのけた兄フェリクス。

その兄に追い付ける気配がなく、悔しくて仕方がないのだろう。

「魔法でこんな事も出来るんですね」

莉奈は、木の実の切り口に素直に感激していた。

エギエディルス皇子も木の実くらいは、魔法で簡単に切れるのかもしれないが、さっきみたいに対象が動くと難しいのだろう。

今は悔しがっているエギエディルス皇子も、なんだかんだいって才能はあるのだから、すぐに出来る様になるに違いない。

「私なんて〝泥水〟しか出せないのに」

それに比べて自分はと、莉奈はため息を漏らした。

莉奈はエギエディルス皇子と魔法の訓練をしているが、雑念が多いのか碌《ろく》に使えなかった。

簡単に使えるのは、小さな土の塊数個か泥水だった。

「「……」」

その莉奈の呟きには、フェリクス王とエギエディルス皇子は顔を見合わせて複雑な表情をしていた。

魔法で泥水を作り出した莉奈は莉奈で、凄《すご》いと思わなくもない。

それを作り出した意味は分からないが、今まで誰《だれ》も作らなかったのだ。必要性は皆無だが、無意味な魔法を作り出すのは、後にも先にもここにいる莉奈だけだろう。

〝無駄な可能性〟を秘めている莉奈なのであった。

◇◇◇

莉奈はフェリクス王にお礼を言うと、踊る様に厨房《ちゅうぼう》へと舞い戻って行った。

醤油が木の実で発見されたのだ。ならば味噌《みそ》の生る木も、その内に見つかるかもしれない。

そう思うと嬉《うれ》しくて仕方がなかった。

まぁ、味噌を吐き出す魔物が発見される可能性もある訳だけど。

「たのも～ぅ‼」

厨房の扉を勢いよく開けた莉奈。

「ぶっ！」

「だから、なんなんだよ。その挨拶《あいさつ》は‼」

「竜は連れて来てないだろうな⁉」

莉奈が入ると、厨房は活気と笑いに包まれた。

どんなに忙しくても莉奈がいるってだけで疲れが吹き飛ぶし、たまに手伝ってもくれるから、何気に作業効率が上がっているのだった。

「もうお昼食べた？」

料理人達の昼食は、皆と同じ時間ではない。

皆が食べに来る時間の前か後ろかにズラしている。大抵の場合は後だけど。早めに準備が終わればば、先もある。さて、今日はどっちだろうか。

「食べた～‼」

「食べてな～い」

半々の様である。

「からあげ作るけど――」

「「「食べるーー‼」」」

莉奈が最後まで言う前に、良い返事が返ってきた。

ですよね？　聞くまでもないよね。

莉奈は笑いながら、魔法鞄《マジックバッグ》から例の木の実を出した。

ニンニク醤油のからあげと、ステーキでも作ろうかなと考えている。

「あ、それ〝カチ割りの実〟じゃん」

莉奈が作業台にユショウ・ソイをドカンと載せたら、タコを食べた事があった漁師村出身の料理人が、懐かしそうに言った。

「え？　カチ割りの実？」

莉奈は小さく驚いていた。

だってコレ。鑑定では〝ユショウ・ソイ〟と表記されていたハズ。カチ割りの実なんて知らない。

「それ、ユショウ・ソイだろ？　俺の村ではその木の実、カチ割りの実って言ってんだよ」

「え、なんでカチ割りの実なの？」

「毎年、それで何人か頭をカチ割るから」

「「「……」」」

莉奈も他の皆も、返す言葉が見つからなかった。

だって、頭が割れるなんて笑えない。悲しくも不幸な話だもの。

事情を聞くと、ヤシの実みたいに海沿いにたくさん生えていて、熟すとボトボトと自然に落下してくるとか。子供達は面白いから、遊んで揺らして落としたりするので、毎年の様に怪我人が出るのだそうだ。

極稀《まれ》に運が悪く死者が出る事もあって、カチ割りの実と呼び近付かない様にしているとの事。

あまりの硬さに、投石機で魔物に投げた事もあったと教えてくれた。

確かに、あんな硬い物が頭に当たったたら、魔物も堪《たま》らないだろう。

「ちなみに村で、食べてなかったの？」

漁師村なら、魚と醤油なんて最高の組み合わせだろう。

莉奈はそう思ったのだが、彼の村ではそうではないらしい。

「割れないのに？」

「……」

割る道具はないしたとえ割ったとしても、目の前に海があるのだ。塩辛い実の汁などいらないと、彼は笑っていた。

完熟する程にこの実は硬くなるらしく、無理して割る人はほとんどいないとか。

「ソレ、よくそんな綺麗に割れ……いや、切れたな？」

莉奈の持っているユショウ・ソイが、割れているのではなく綺麗に切れている事に気付いた料理人は、目を見開いていた。

そんなにスパッと切れたユショウ・ソイを見たのは、初めてだとマジマジと見ていた。

「陛下に切ってもらった」

「お前、陛下……」

シレッと言った莉奈に、マテウス副料理長が眉間《みけん》を揉《も》んでいた。

国王陛下にそんな事を頼むのは、後にも先にも莉奈だけだろう。軽く目眩《めまい》がしていたマテウス副料理長だった。


皆が呆《あき》れ半分、敬服半分な目で莉奈を見ていると、莉奈は棚から蓋《ふた》付《つ》きの瓶を取り出した。

「何をするんだ?」

初めて見る木の実に、興味津々のリック料理長が訊《たず》ねた。

ナッツ系なのか果実系なのか、まったく想像出来ないのだ。

「この中に液体調味料の〝醤油《しょうゆ》〟が入っているみたいだから、使いやすい様に瓶に移してる」

莉奈はおにぎりみたいなユショウ・ソイの実を傾け、瓶の中に液体を移し始めた。

液体の色は焦げ茶色で、ふんわりと微《かす》かに香る匂《にお》いは醤油に似ていた。

想像以上にタップリと入っていて、瓶2本分注げた。およそ1リットルくらいはある。

味はどうなのかと、莉奈は木の実の内側を指で拭《ぬぐ》い、口に入れてみた。

塩辛いが、この説明し難い独特の風味は、まさしく醤油であった。淡口《うすくち》ではなく濃口の醤油だ。

〝赤茶色〟や〝焦げ茶色〟のと表記されていたから、赤茶色は淡口。焦げ茶色が濃口。稀に琥珀色《こはくいろ》があるというのは、白醤油ではないのかと勝手に想像する。

ひょっとして……個々の木の実の特徴か性質により、淡口濃口と変化するのでは?　と思った。だとしたら、異世界の木の実は面白いし便利だ。

「それが醤油？」

「そう。塩っぱいけど料理に使うと美味《おい》しいよ？」

興味ありそうなリック料理長も、味見するかなとユショウ・ソイを勧めた。

瓶の醤油は、一つは魔法鞄《マジックバッグ》にしまっておく。

王竜はどこで見つけたのだろうか？

まさか、人がいる村にドスンと降りて、ボリボリ食べたりはしないだろう。話が通じるとはいえ、竜が降りて来たら怖いよね。

「うん？　かなり塩辛いな。なんだろう……口にした事のない、不思議な味がする」

リック料理長が、醤油の実を見ながら味の分析をしていた。

何に似ているか、記憶を頼りに探っているのだろう。


——コンコン、トントン。

「なぁ、リナ」

「なぁに？」

「無言で作るのヤメてもらってイイかな？」

いつもなら、見ている皆に説明しながらやってくれるのに、何故か今日の莉奈は、口を綻ばせながら無言でからあげを作っていた。

それが、妙に怖くてマテウス副料理長が苦笑いしていた。

「あ、そう？　からあげ～からあげ～美味し～いな。油で揚げると美味しいなぁ。だけどね？　悲しいかな。食べ過ぎるとお腹《なか》がぷくぷくするんだよ？　ぷくぷくポッチャリらんらんらん」

「「「……」」」

ならばと莉奈が自作の歌を唄《うた》い始めれば、皆の頬《ほお》は奇妙に引《ひ》き攣《つ》るのであった。実にお腹に響く歌だった。


さて、変な歌はともかく、簡単に説明する事にした。

「ニンニク醤油のからあげも色んなレシピがあるんだけど、家でやってた定番で簡単な作り方は、ニンニク・醤油・ホーニン酒・塩胡椒《しおこしょう》を鶏肉《とりにく》に揉み込んで、しばらく置いてから片栗粉をつけて揚げる」

説明していて思ったけど、片栗粉ってこの世界も片栗粉なんだよね。

アッチの世界と同じ物があるって、ホッとする。

ちなみに、じゃがいもはジャガールって品種から改良された芋だから、じゃがいもなんだそうだ。日本みたいに、ジャカルタから来た芋だからではなかった。

「しばらくってどのくらい？」

「三〇分以上、一日未満。味を完全に染み込ませたいなら、前日に作り置きして次の日揚げるとイイかも」

「鶏肉に下味を付けるのか」

「そう。マヨネーズを少し入れてもいいし、砂糖を少し入れてもいい。アレンジ方法は色々とあるよ」

砂糖を入れて揉み込むと、ムネ肉はしっとりジューシーになる。

だけど、入れ過ぎると甘くなるから、ニンニク醤油のガツンとした旨《うま》さを堪能したいならなしだ。

「さて、漬けている間に肉を焼こう」

莉奈はフェリクス王のために、ステーキを焼く事にした。


「あ、それ!!」

莉奈が魔法鞄《マジックバッグ》から取り出した肉を見て、羨《うらや》ましそうな瞳《ひとみ》を向けた。

そうなのである。莉奈が取り出したのは、牛肉ならぬブラッドバッファローのサーロインであった。

各宮にもあるのだが、希少部位のため保持している絶対数が少ない。

皆に提供出来るようになるのは、人数分が確保出来てからだろう。

だが、莉奈は王族達に提供するため、個人的に所持している。そのため、皆には垂涎《すいぜん》の的となっていた。

「「「……」」」

莉奈がサーロインを調理し始めれば、皆が無言で見ていた。

網の様に綺麗《きれい》なサシの入った霜降りの肉である。

莉奈は何枚か少し厚めに切り用意した。余分な脂身の部分は、贅沢《ぜいたく》にすべて綺麗に取り除く。もちろんそれは捨てたりせず、焼く時に牛脂として使う。

熱したフライパンに切り取った脂身を入れ、ニンニクのスライスを投入。ニンニクの色が茶色に変わったら、皿にとりだし、片面に軽く塩胡椒を振った主役のサーロインを入れた。

ジュッと心地《ここち》よい音と、サーロインの脂の甘い匂いが鼻を擽る。

片面が焼けたら、ひっくり返し蓋《ふた》をする。ここで赤ワインを投入してフランベすれば、香り豊かに仕上がるんだけど、ソースに赤ワインを使う予定だし面倒だからしない。

アルミ箔《はく》はないから以前はここで紙を載せて、布巾《ふきん》をかけて待ったけど、今日は三〇秒程で火を止め余熱でゆっくり火を通す事にした。

「紙と布巾じゃないのか」

リック料理長が、ポソリと漏らした。

以前、莉奈が白竜宮で警備兵のアンナのために焼いていたのを、誰かから聞いて知っていたのだろう。それとやり方が違うから、他の方法もあるのかと頷《うなず》いていた。

「絶対にコレって調理方法はないと思うよ？　簡単で美味しく出来るなら、なんでもありじゃないかな」

サーロインに関しては、貴重だから他の方法を試す勇気はないけど。

莉奈は肉を置いている時間を使い、軽く塩茹《ゆ》でした付け合わせの野菜を皿に盛っておいた。

サーロインが主役なので、野菜の味付けはシンプルにしたのだ。

一〇分程経《た》ち肉汁を閉じ込めたサーロインを、フライパンから取り出すと、莉奈は食べ易い様に適当な大きさに切り皿に盛った。

中は半生のミディアム・レアである。もう、塩胡椒だけのこの状態で旨そうだ。

肉を取り出したフライパンを温め直し、そこに赤ワインと醤油を投入。好みでバターを入れて混ぜれば、ステーキソースの出来上がりである。

フェリクス王達の分をサクッと作り終わり魔法鞄《マジックバッグ》にしまうと、莉奈は余分に作っておいたサーロインステーキにフォークを刺した。

フォークを刺した感触が、ものスゴく柔らかい。赤身だと弾力が返って来るのに、これはスッと入る。

皆の強烈な熱視線を背中に感じながら、莉奈は出来立てのサーロインステーキを口に放り込んだ。

「……っ‼」

霜降りの肉はＴＶ番組で歯がいらないと、大袈裟《おおげさ》に言うレポーターがいたが、あれはあながち嘘《うそ》ではなかった。

口に入れると、まずはニンニクの香りと醤油の香ばしい風味が鼻から抜ける。その後すぐに、ブラッドバッファローの美味しい脂が溶け出し、噛み締《かし》めると、頬が蕩《とろ》けるくらいに旨味《うまみ》が溢《あふ》れ出す。

噛むと肉があっという間になくなるので、口が名残り惜しそうに泣いていた。

「リナ、旨いのか？」

「いや、旨いんだな？」

「美味《おい》しいんでしょ⁉」

恨めしそうな料理人達の声が、右から左に抜けて行く。

全員に行き渡るように、大量のブラッドバッファローが必要だなと莉奈は思った。あの魔物も牛同様に赤身肉は充分に獲《と》れるけど、サーロインは少ないからね。

莉奈はそんな事を考えながらチラッと、食堂を見た。

まだ、昼食には時間があるのか人はいない。

「一口ずつでよければ――」

「「「ありがとうございます‼」」」

どうぞ、なんて言う暇もなく、食い気味に料理人達が頭を下げていた。

余程食べたかったに違いない。

「「「……っ⁉」」」

リック料理長達が、サーロインを口に入れた瞬間、一斉にカッと目を見開き固まっていた。

口を押さえ、フニャリとしゃがむ者。ニヤつく者。小さく笑う者。

反応は様々だったが、皆は喋《しゃべ》らず無言で口を緩ませながら、食べていた。

「はぁぁァ〜ッ。肉が蕩ける」

「肉々しくなくて、なんだろう……脂が甘い」

「この醤油のソースが、肉を引き立てていて……はぁぁ」

「口に広がった肉汁が、旨すぎる」

「あぁ〜。もっと味わえば良かった」

「肉を噛まなきゃ良かった〜」

口から肉がなくなると皆は途端にワイワイと余韻に浸り、あまりの美味しさに、しばらく顔が惚《ほう》けていた。

「「「コレがサーロインの力」」」

初めての味に、大袈裟に涙を流す者もいたのだった。

軍部である白竜宮にもサーロインは保管されているハズだから、このステーキを味見させて、ブラッドバッファロー狩りに行ってもらおうかなと莉奈は考えた。

だって、皆もお腹いっぱい食べたいよね。

まだまだ食べたかったけど、そんな量はないのでからあげを揚げる事にする。

「ちなみに醤油《しょうゆ》で味付けしたからあげは、焦げやすいから揚げる時注意してね？」

「「「わかった」」」

まぁ、料理人達は言わなくてもすぐに気付くとは思うけど。

次はからあげの試食だなと、ワクワクした表情の料理人達の顔が見えた。


余分な粉を叩《はた》いて油に投入すれば、たちまちからあげを揚げている匂《にお》いと音が耳を擽る。

この揚げ物特有の香りは、本当に堪《たま》らない。

パチパチ、チリチリと鶏肉《とりにく》が揚がる音。香ばしい匂い。弟はからあげを揚げていると、絶対に隣りに来ていた。

「それが、さっき言ってたニンニク醤油だな？」

ホラ、こんな風に。

「すぐに出来るよ。待てなかったの？」

「ち、違う!!　紫のに、お前が美容液を塗った事を思い出して、訊《き》きに来たんだよ!!」

エギエディルス皇子が慌てた様子で否定していたけど、そんな事は後で訊けばいいよね？

絶対に大好物のからあげが、どう調理されるのか気になって仕方がなかったのだろう。

「そういえばアイツ、爪がキラキラになってて喜んでたけど、実を殴ってるお前の姿にまた怯《おび》えてたぞ?」

「あ〜。不可抗力だよね、それ」

だって、ないと諦《あきら》めていた醤油が目の前に現れて、我を忘れたんだもん。

まさか、それをエギエディルス皇子と小竜に見られるなんて、想定外だった。

「まぁ、今は屋上で爪見てニヨついてるけど」

ニヨついてるのか、可愛《かわい》いな小竜ちゃん。

莉奈は少し嬉《うれ》しくて笑っていた。

「そういえば、名前はどうしたの?」

付けるつもりだと言っていたから、どんな名前にしたのか訊いてみた。

「すっげぇ悩んでる」

「まだ悩んでるのか」

エギエディルス皇子が腕を組んで唸《うな》っていたので、莉奈は笑ってしまった。

小竜のために真剣に考えているのだろう。適当では可哀想《かわいそう》だものね。

「薄紫だろ? だから、色に関した名前がいいと思ってアメジストとか、ヴァイオレットとか色々考えたんだけど、なんかしっくりこないんだよな」

「なら、花の名前は?」

「花？」

「アザミ、アケビ、アネモネ、藪蘭……あ、桔梗《ききょう》なんて、花が星みたいで可愛い花だよ？」

「星の形をしてるのか？」

「うん。星形の青紫の綺麗で可愛い花びらをした花だよ」

エギエディルス皇子は、星の形というフレーズが気に入ったのか瞳がキラッとしていた。

星形に惹《ひ》かれるなら、やっぱりシチューに入れるニンジンは花形ではなく星形にしようと、莉奈はこんな時にそんな事を考えていた。

「桔梗……桔梗か」

エギエディルス皇子は、どうしようか真剣に悩んでいる。

「色にこだわらないなら、〝薫風《くんぷう》〟とかは？」

「薫風？」

「新緑の快い爽《さわ》やかな風って意味かな？」

竜は風をきって飛ぶ訳だし、風って言葉が似合いそうだ。

「色にこだわりたいなら、国や人を護《まも》るって意味で盾を付けて〝紫風の盾〟って付けてもカッコいいかも」

実際には紫風なんて言葉はないけれど、名前だし造語でもいいでしょ。

だって、人の子供に付ける名前なんて造語や当て字の嵐《あらし》だしね。

「紫風の盾か」

エギエディルス皇子は、とうとう唸り始めていた。

まるで自分の子供に付ける名前みたいに、エギエディルス皇子は真剣だ。

「まぁ、ゆっくり考えなよ」

莉奈はそう言って、たった今揚げ上がったからあげを箸《はし》で摘み、エギエディルス皇子の口の前に差し出した。

もわっと香ばしい匂いが鼻を擽れば、エギエディルス皇子の思考はすぐにからあげに移っていた。

「美味《おい》しいよ？」

莉奈はすでに揚げたてを頬張《ほおば》っていた。

からあげの揚げたてなんて、それだけで贅沢だよね。

一年振りくらいのニンニク醤油のからあげは、懐かしさと熱さが相まって涙が出そうだった。

醤油がこんなにも愛おしく感じる日が来るなんて、想像もしなかった。

懐かしくてホッとする反面、家族といた日が愛おしくて涙が溢れそうだった。

「アッツ、ん⁉　旨《うま》っ‼」

エギエディルス皇子は、ハフハフと熱い息を漏らしながら、揚げたてのからあげを頬張っていた。

「ニンニク醤油も美味しいでしょう？」

「すげぇ旨い‼　俺はからあげは塩が一番だと思っていたけど、ニンニク醤油も堪らない‼」

瞳《ひとみ》をキラキラさせたエギエディルス皇子は、抱き締めたいくらいに可愛い。

大好物がまた出来たようで何よりである。

「塩ニンニクも美味しかったけど、この醤油？　風味が堪らないわね」

「ただ塩辛いんじゃなくて、独特な風味があってイイな」

「カチ割りの実の中身、俺初めて知った。塩辛い果汁としか聞いた事なかったし」

「タコだけじゃなく、コレも特産になるんじゃない？」

「だよな。うちの村、貧乏村で出稼ぎが多かったけど、タコとコレで脱却出来るかもしれない」

皆にも揚げたてを渡せば、ニンニク醤油味は想像以上にウケが良かった。

皆が好きなからあげにしたのが、良かったのかもしれない。

「リナ、もう一個くれ」

仔犬の様なエギエディルス皇子に強請《ねだ》られ、莉奈は思わず目が垂れた。

「ちょうどいい時間だから、陛下達と昼食にしようか？」

「うん‼」

そう嬉しそうに言ったエギエディルス皇子の笑顔に、今日も癒《いや》される莉奈なのであった。

◇◇◇

「からあげか」

昼食を摂るために来たフェリクス王が、テーブルの上に載る料理を見て呟《つぶや》いた。

「先程、陛下に切って頂いた醤……ユショウ・ソイの果汁で味付けをしましたからあげです。サラダはチーズをたっぷりと載せたシーザーサラダ。後、肉に肉はいかがかと思いましたが、これもユショウ・ソイで味付けしたサーロインステーキになります」

執事長イベールや侍女達が、水を注いだり取り分けたりしている横で、莉奈は簡単に料理と、ユショウ・ソイこと醤油の説明をしていた。

シュゼル皇子がサラダを興味深く見ている横で、兄と弟は最後に出したサーロインステーキに釘《くぎ》付《づ》けであった。

「ステーキだ‼」

目の前に置かれたサーロインステーキに、エギエディルス皇子はテンション高めである。

食べやすい様に切ったおかげで、チラッと見える脂ののった肉の美しく美味しそうな断面が、思わず生唾《なまつば》を誘う。

いただきますと言うが早いか、エギエディルス皇子はからあげではなく、サーロインステーキを頬張っていた。

「柔らかっ‼　なんだコレ。肉が溶けてく」

「ソースが旨いな。あの木の実……醤油とかいう果汁が肉を引き立てているのか」

エギエディルス皇子とフェリクス王は、サーロインステーキに舌鼓を打っていた。

気に入ってくれたのか、二人は味わいながらもフォークが次々と肉に伸びている。

「シーザーサラダのドレッシングがすごく美味しい。チーズがまた良いアクセントになって……野菜が美味しく頂けますね」

シュゼル皇子は、肉よりも先に気になっていたシーザーサラダを堪能している様だった。

「ん、ドレッシングにニンニクが入っているんですね。だから、食欲を唆るのかもしれません……あ！」

「あ？」

シュゼル皇子がドレッシングの分析をしながら口にしていると、何かハッとした様子で莉奈を見た。

何か足りなかったかなと、莉奈が首を傾《かし》げる間もなくシュゼル皇子が満面の笑みを向けてこう言った。

「ハチミツを下さい」

「……」

「ここにハチミツを足したら、ドレッシングがよりマイルドになるかと思うの——った‼」

シュゼル皇子が最後まで言うまでもなく、小さなスプーンが彼の額に飛んで来た。

もちろん、弾き飛ばしたのはフェリクス王である。

確かに、シーザーサラダのドレッシングにハチミツはアリかナシでいったら、アリである。でも、なんでもかんでも甘い物をかけるのはヤメて欲しい。

「甘味甘味って、お前は蟻《あり》か？」

「…………プッ」

フェリクス王が呆《あき》れてそう言うものだから、莉奈は思わず吹き出してしまった。

フェリクス王が、そんな事を言うとは思わなかったのだ。

「リ〜ナ〜？」

シュゼル皇子が可愛《かわい》らしく頬《ほお》を膨らませ、わざとらしく莉奈に抗議してみせた。

「し、失礼いたしました」

笑いを押さえながら、莉奈は形ばかりの謝罪をした。

シュゼル皇子も本気で怒ってはいないみたいだし。

「あ」

「「「あ？」」」

莉奈が笑いながら、何かに気付いて思わず声を上げれば、フェリクス王兄弟が何だと視線を向けた。

食事中に言うのも何かな？　と視線を泳がしてはみたものの誤魔化《ごまか》せる状況ではなく、苦笑いして莉奈は口にした。

「えっと？　蟻といえば、白蟻は〝ゴキブリ〟の仲間だったな……と」

「「「……」」」

途端にフェリクス王兄弟の表情が引《ひ》き攣《つ》り、和やかだった雰囲気がどんよりとしたのは言うまでもなかった。

◇◇◇

「ふぅ、腹が苦しい」

エギエディルス皇子は、ニンニク醤油《しょうゆ》のからあげをパクパクと、驚くくらいに食べていたから苦しそうだ。

食べ過ぎたとお腹《なか》をさすっている。

「今日はニンニク尽くしでしたね」

シュゼル皇子に、食後のデザートのアイスクリームを出してあげると、嬉しそうに微笑《ほほえ》みながらそう言った。

「あ、確かに」

言われてみればニンニク醤油のからあげ、サーロインステーキのソースにも、シーザーサラダにもニンニクは入っている。

ニンニク尽くしだったなと、莉奈は言われて気付いた。

「エド、アイスは？」

「腹が苦しいからいらない」

侍女が淹れてくれた紅茶を飲んで一息吐《つ》いていた。

エギエディルス皇子はシュゼル皇子と違って、食後に是が非でも甘味を食べようとは思わないようである。

なんとなくフェリクス王をチラッと見れば、意味ありげにグラスをトントンと指で叩《たた》いて口端を上げた。

昼からお酒なんてあげませんよ？　と莉奈がプイッと視線を逸らせば、途端にクツクツと笑う声が聞こえたのだから、揶揄《からか》われたのだろう。

「しかし、あの木の実が調味料になるなんてな」

食事を終えたフェリクス王が、ワイングラスに入った水を飲みながら、侍女達の片付ける姿を見ていた。

下げる皿を見て、今口にした料理を思い出しているのだろう。

「なので！　残りの実も切って頂きたいのですが‼」

もう、この硬い木の実をどうにか出来るのはフェリクス王しかいないと、勝手に思い込んでいる莉奈は、多少ビクビクしながらもフェリクス王にお願いしてみた。

「別に構わねぇが、俺じゃなくても出来るだろうよ」

瞳をキラキラさせて自分に頼む莉奈に、フェリクス王は微苦笑しつつ弟二人をチラッと見た。

別に刀で斬らなくとも、魔法でどうにかなるのだ。さすがにあそこまで綺麗《きれい》には切れなくとも、中身が取り出せれば十分だ。ならば、弟達でも……いや、風魔法を使える者で構わないのだ。なのに、わざわざ自分を選ぶのだから、笑うしかない。

その言葉と視線に、莉奈はハッと気付いて末皇子を見て頭を下げた。

「エド様。お願いしてもよろしいでしょうか？」

「うっわ。気持ち悪ぃ」

普段しない莉奈のその態度に、気持ち悪くなったエギエディルス皇子は、心底嫌そうな表情をしていた。

友人か家族の様な莉奈に、今更そんな言動をされてもむず痒《がゆ》く、気分が悪くなるだけだった。

「ったく仕方ねぇ。魔法の練習にもなるし、後で切ってやるよ」

エギエディルス皇子はぶつぶつと文句を言いながらも、後で残りのユショウ・ソイの実を切ってくれるらしい。

優しい良い子だなと、莉奈はお礼を言いつつニコニコとしていた。

「あぁ、そうだ」

そんなやり取りを見ていたフェリクス王は何かを思い出したのか、魔法鞄《マジックバッグ》から細長い瓶を何個か取り出しテーブルに並べ始めた。

その透明な瓶には蓋《ふた》がなく、無色透明の液体がたっぷりと入っている。

「炭酸水ですか⁉」

「出しただけで良く分かるな」

まだ何も言っていないのに弾ける様に反応した莉奈に、フェリクス王は小さく笑っていた。

「だって、シュワシュワしてるから」

無色透明な水ではなく、気泡が出ているのを目視出来たからだ。

近くで耳を澄ませば、シュワシュワと炭酸が弾ける音が聞こえるに違いない。

「見つかったんですか？」

というか、あれから本当に探してくれていたのにビックリしたけど。

フェリクス王に近付き、炭酸水を手に取った莉奈。

瓶の口に顔を近付ければ、あの独特の弾ける音と弾けた水が飛んできた。

「あぁ、俺の宮にあったヤツだ」

「え、まさか、お風呂《ふろ》……」

「〝庭〟だ」

莉奈がまさかと怪訝《けげん》な表情をすれば、フェリクス王が強調する形ですぐに被《かぶ》せてきた。

風呂だとしても、浴槽から直接は汲《く》まないと。

これは庭に湧《わ》いていた水で、普通にあるから興味がなかったらしく、今まで炭酸水だと気付かなかったそうだ。

莉奈はなんとなくその瓶を手に取り、簡単に【鑑定】して視た。


【天然の炭酸水】

ヴァルタール皇国の王城の一角で汲んだ湧き水。

炭酸ガスを含む強炭酸水。


簡単に鑑定して視たら、ちゃんと天然の炭酸水だった。

しかも強炭酸水である。

それが、フェリクス王の宮に湧いていたのには驚きだけど。

「くれるんですか?」

「俺が見せびらかすために用意すると思うか?」

「ありがたく頂戴《ちょうだい》致します」

莉奈は頭を深々と下げ、テーブルの上にあった炭酸水の瓶をいそいそと、魔法鞄《マジックバッグ》にしまった。

刀はさすがにくれなかったけど、見せてもくれなかった食材はない。なんだか、食べ物に釣られるチョロイ女だと思われていたら嫌だけど、炭酸水はありがたいので黙って貰《もら》っておこう。

しかし、蓋がなくてもここに入れておけば、炭酸が抜けないのがイイよね。本当に便利な鞄である。

「あ、ハイボールは試しました？」

フェリクス王と炭酸水といえば、ウイスキーと割るハイボールだろう。

莉奈はもう試したのかなと、訊《き》いてみた。

「いや」

まだだとフェリクス王は笑っていた。

もちろん、試すつもりはある様だ。

「からあげと合わせると最高ですよ」

揚げ物と炭酸飲料は、最強の組み合わせだと莉奈は思う。

脂っこい食べ物の後に炭酸飲料を飲めば、口がリセットされたみたいにまた食が進む。腹を満たすまで止まらない。

「炭酸水で作るカクテルは、ウイスキーやブランデーなどを自分好みの分量で割るだけですし、シユワシュワとした口当たりが、特に揚げ物系と合ってお酒が進みます」

「「「……」」」

フェリクス王に話したつもりなのだが、部屋の一角で待機していた侍女達の喉《のど》が動いていた。

お酒好きには堪《たま》らない話だったらしい。

侍女達は微動だにしていないが、なんだか目がソワソワしている。フェリクス王は目が光っていた。

「とりあえず、本日の夕食時にその簡単なカクテル各種と、料理は居酒……お酒に合う物をご用意致しましょうか？」

フェリクス王の目が強請《ねだ》るみたいな表情に見えた莉奈は、可愛《かわい》いなと口が緩むところだった。

好物を前にすると、エギエディルス皇子の兄だなと感じる。

お酒が好きなのだから、たまには居酒屋メニューにしてもいいかもしれない。

莉奈は何にしようか、頭の中にメニューを巡らせていた。

「え〜、夕食は酒のつまみかよ」

フェリクス王が頼むと言うや否や、お酒の飲めないエギエディルス皇子は大変不満そうな声を上げた。

自分には全く関係がないと、口を尖《とが》らせて文句を言っていた。

「エド、酒の肴《さかな》……つまみって言うだけで、ただの料理だよ」

むしろ、色々な料理がちょこちょこと出て来て、お酒を飲めない人でも楽しいと思う。

「……」

まだ納得がいかないのか、不服そうに無言で莉奈を見ていた。

「からあげ、海老フライ、鶏《とり》なんこつ揚げ、焼き鳥」

莉奈が指を折りながら、酒のつまみを挙げているとエギエディルス皇子の表情が変わってきた。

「エドとシュゼル殿下には、ハチミツレモンソーダとかフルーツソーダを用意するし、充分楽しめると思うけど？」

別にお酒でなくても、炭酸飲料水でも同様に楽しめると思う。

そう莉奈がエギエディルス皇子に伝えると、エギエディルス皇子ではなくシュゼル皇子が先に笑顔を見せた。

「練乳も炭酸水で割ると美味《おい》しいのでしょうか？」

「……」

え？　気持ち悪っ。

甘味な飲料水で、パッと花が咲いてしまったシュゼル皇子に、莉奈は心の声が漏れるところだった。

テンションが下がり始めた頃《ころ》、ハッと莉奈の頭に弟の姿が浮かんだ。

「あ」

そういえば……カキ氷に飽きた時期に、弟が余った練乳を色々な飲み物に混ぜて遊んでたなと。練乳と炭酸水は微妙そうだったけど、そこに果物を加えたのは美味しいと弟が言っていた……気がする。

「なんですか？」

莉奈が何か閃《ひらめ》いたと、シュゼル皇子がさらに顔に花を咲かせた瞬間――。

シュゼル皇子に向かって真《ま》っ直《す》ぐに、何かが飛んで来た。


――カン。

シュゼル皇子の額に、小さなティースプーンが当たった。

当てたのは言わずもがな、フェリクス王である。相変わらず、見事なコントロールである。

小さなスプーンとはいえ、指で弾いてシュゼル皇子の額に当てるなんて、コントロール抜群だよね。

毎回、無言無表情で新しい物をカトラリーの入れ物に用意する、執事長イベールには笑っちゃうけど。

その内、フェリクス王が自ら取らなくても、空気を察した執事長イベールが手渡すのかもしれない。

「何をするんですか！」

額を押さえながら、抗議をするシュゼル皇子。

本日二回目ともなれば、さすがのシュゼル皇子もご機嫌斜めだった。

「甘味甘味と気持ち悪ぃ」

「それを言うなら、兄上はお酒お酒ではありませんか。私の甘味を注意する前に、ご自身を振り返って下さい」

「あぁ？」

この国の二トップである王族が、しょうもないケンカを始めてしまった。

エギエディルス皇子が呆《あき》れているし、侍女達は関わらない様にさらに端に寄っていた。

これでも、一国の王と宰相だから笑っちゃうよね。でも、ものスゴく親近感が湧くのは何故《なぜ》だろう。

「あ？」

「リ〜ナ？」

あれ？　オカシイな。笑いが漏れていたらしい。

フェリクス王とシュゼル皇子にジッと見られてしまったよ。

第7章　いない所でディスられる

あれから、炭酸水をたっぷりと貰った莉奈《りな》は、夕食に炭酸水を使ったカクテルとジュースを出す約束をして食堂を後にした。

権力争いで啀《いが》み合《あ》う王族はいそうだけど、平民みたいなしょうもないケンカをする王族って……。でも、それだけ仲が良いって証拠だし楽しいからイイかな。

莉奈はフェリクス王と宰相ことシュゼル皇子のやり取りを思い出し、笑っていたのだった。

◇◇◇

食事の終わった食堂では、執事長イベール以外が一旦《いったん》下げられていた。

侍女達は、我々に聞かせたくない話があると、容易に理解した。ある程度片付けていて、後はティーセットがあるだけ。残りは執事長イベールが片付ける事となり、侍女達は頭を下げ他の業務に戻って行ったのであった。

侍女達を下げたのはシュゼル皇子である。

そのシュゼル皇子に、フェリクス王が視線で促した。

「〝ホットエナジー〟」

話の前後を飛ばし、シュゼル皇子はのんびりとした口調でその単語だけを口にした。

フェリクス王は初めて聞く言葉に、軽く眉根《まゆね》を寄せた。

「基礎代謝機能を上げ、身体《からだ》の中から温める飲み物らしいですよ？」

「それが何だよ」

長弟の見えない話に、ますますフェリクス王は眉根を寄せていた。

唐突過ぎて、シュゼル皇子が何を言いたいのか理解出来ないのだ。

「それを飲むと極寒の地でも、しばらく普段通りに活動出来るとか」

「……」

話の意図が見えないフェリクス王は目を眇《すが》め、シュゼル皇子に主旨を話せとさらに促した。

「兄上が用意したこの〝炭酸水〟から、それが出来るみたいですね」

そう言ってシュゼル皇子は、一つだけテーブルに出していた炭酸水を面白そうに見ていた。

「「あ？」」

シュゼル皇子がほのほのと突拍子のない話をすれば、兄王と弟がどういう事だとシュゼル皇子を見た。

【天然の炭酸水】

ヴァルタール皇国の王城の一角で汲《く》んだ湧き水。

炭酸ガスを含む強炭酸水。

〈用途〉

岩石に閉じ込められた炭酸ガスの層を通り抜けて出来た湧き水。

飲むと血流が良くなり、代謝がアップする効果が期待出来る。

これにカイエンペッパーとポーションを特別な配合で混ぜれば、ホットエナジーが出来る。

〈その他〉

飲料水である。


「「……」」

シュゼル皇子が【鑑定】結果を口頭で説明すれば、フェリクス王とエギエディルス皇子は目を見張っていた。

この炭酸水と何かを配合すると、そんな効果があると想像していなかったからだ。

「〝ホットエナジー〟があるなら、逆の〝クーラーエナジー〟もありそうですね」

フェリクス王がそんな事を考えていた頃《ころ》、炭酸水を見ていたシュゼル皇子は、楽しそうに言った。

「確かに」

そうだなと思ったエギエディルス皇子が、顎《あご》に手を置き頷《うなず》いていた。

大抵のモノには、そのモノに対して対義となるモノがある。

なら、この炭酸水から作れるというホットエナジーとやらも、反対の使い方をするクーラーエナジーがありそうだ。

しかし、これを手にした莉奈が何も言っていなかったのはどういうことだろうか。

「リナは、魔法を使う事を無意識に制御していますからね。この炭酸水も軽く【鑑定】で視ただけで、おそらく効力など知らないのでしょう」

莉奈は簡単な【鑑定】を掛けただけだと、シュゼル皇子は経験上分かっていたのである。

「制御か」

フェリクス王は誰《だれ》にも聞こえないくらいに小さく呟《つぶや》いていた。

それは、家族の事が原因だと理解していた。吹っ切れたと口や行動に起こしていても、心の傷はそんな簡単に消えるモノではない。

使えたらと思う心が、莉奈が魔法を使うたびに無意識に影響を与え、制御しているのだろう。

あんな事故に遭えば、躊躇《ためら》って当たり前である。

弟のエギエディルスより年上とはいえ、身寄りもなくよく今まで壊れなかったなと、フェリクス王はため息を吐《つ》いた。

家族の事故。

そして、異世界への転移。

普通なら、もう心が折れ壊れてしまってもいい出来事である。

「エディ」

「あ？」

「リナをしっかり見張ってろ」

フェリクス王が微苦笑しながら、そんな事を言うものだから、エギエディルス皇子は一瞬驚き笑い返した。

「やらかすからか？」

莉奈は、【鑑定】を使わずとも【調合】の技能《スキル》がある。

オマケに怖いもの知らずな性格のせいか馬鹿なのか、何も考えずに行動を起こす事もしばしば。

なので、やらかさない様に見張れと言っているのかと思ったのだ。

「それはとりあえずいい。問題はリナの今の価値だ」

「価値？」

「料理に関して言えば、早々に国全土に広めてしまえば、リナの価値は低くなる。だが……」

「【鑑定】と【調合】、それとリナの持つ発想力に価値がある……ですね？」

「あぁ」

フェリクス王の言葉を、シュゼル皇子が繋《つな》いだ。

この食生活が乏しい世界に、莉奈の持つ料理の知識は膨大で価値がある。だが、料理はやり方を教えてしまえば、ある程度なら取得可能だ。

それ故に今は重宝されている莉奈も、皆が作れる様になれば商品価値は下がるだろう。

問題は、他の技能《スキル》である。

ただでさえ【鑑定】の魔法を持つ者は希少。なのに、莉奈は詳しく鑑定出来るどころか、独自の鑑定能力も持っている。

オマケに、それをフルに活かせる【調合】まで持ち合わせているし、異世界での経験も踏まえ何かを生み出す可能性を秘めていた。

他国からしたら、莉奈の能力は喉《のど》から手が出る程に欲しいだろう。

聖女ではなかったが、色々と利用価値がある少女なのである。

となれば、需要と供給が合致し、拉致《らち》される危険もあるのだ。

「見張っとく」

〝見張れ〟ではなく〝護《まも》れ〟という事なのだろう。

兄王の言い方にエギエディルス皇子は、思わず笑ってしまった。

王城にいる限り心配はないが、何事にも１００％はない。ならば、自分も出来る限り側にいようと心に留めておく。

「竜殺し《ドラゴンキラー》は、ただでは拐《かどわ》かされないと思いますが？」

いや、むしろ返り討ちに遭いそうだと、執事長イベールが冷淡に言えば、確かにとフェリクス王達は笑うのであった。

書き下ろし番外編1　王弟シュゼルは独りごちる

二つの月　重ねし時　二つの月消えん
陰の刻　六星囲いし時　聖女現れん

それが聖女を召喚する儀式の条件……だとされていた。

古人の机上の空論か説話だと思っていた。だが、それにより莉奈《りな》が喚《よ》ばれてしまった。聖女かはともかく、一人の人間が召喚されてしまったのである。

エギエディルスは国の為《ため》だと言っていたが、そんな言葉はただの詭弁《きべん》だ。

誰が何と言おうと、無理矢理人を攫《さら》えば拉致である。

莉奈自身が許そうが、罪は罪。王であろうが、皇子であろうが、厳罰を与えるべきである。

王族のした事だからと、黙認すべきではない。

——ないが、結果甘えてしまった。

莉奈が厳罰を望んでいないという体をとって……。

兄王は、末弟のしでかしを何かを代わりにして償おうと考えているようだった。

そこが、前皇帝と兄王との決定的な違いである。

前皇帝であったのなら、莉奈は処分されていただろう。

皇子《ムスコ》の間違いなど、初めからなかった事にすればいいからだ。それができるのが王であり、皇帝である。たとえ莉奈が【聖女】であったとしても、政治のコマとしていいように使い、いらなくなれば消せばいいだけの話だ。

前皇帝とはそういう男だった。

今ここにいたら、何を自由にさせていると憤慨していることだろう。


だが、あの兄王に立ち向かえる莉奈のことだ。

前皇帝にも怯《おび》えもせず盾突いて見せただろう。

「それはそれで、さぞ見ものだっただろうな」と、シュゼル皇子は独りごちるのであった。

書き下ろし番外編2　能天気にも程がある

「意外と難しい！」

そう声を上げたのは、マテウス副料理長だった。

何で難しいと言ったのか……。

それは、莉奈《りな》が見本に置いていった、飾り切りされた野菜を真似てみたからである。

星やハートだけでなく、色々な花の形に成形されたニンジンや大根。

それを手本にみんなでやってはみたものの、どうも上手《うま》くいかない。

一見簡単そうに見えるハートでさえ、左右が均等にならず、必ずどちらかが大きくなってしまう。

それを直そうと微調整していけば、どんどん小さくなってしまうから、もう笑うしかなかった。

これは、感覚と感性が必要なのでは？　と思うマテウス副料理長なのだった。

隣で作業していたリック料理長は手先が器用なのか、数回練習しただけで、習得している。ここは副料理長として、負けてはいられないと、気合を入れ直すのであった。


――――そんな中。

一人の人物に、皆が目を止めた。

星や花を皆が作る中、その人物は全く別の何かを作っていたからである。大根を薄く剥《む》き、それを器用に千切りにしていたのだ。それも糸のように細く長くだ。

皆とやっている事は全く違うが、それはそれとして大根が糸のようでキレイだった。

莉奈が見ればそれは大根のツマだと分かるが、まだ皆にはそんな認識はなく、ただ純粋に、絹糸のようでキレイだなと目を瞠《みは》っていたのである。

そして、それを作り上げた人物が誰かと、顔を見れば——

——再び目を瞠った。

「簡単、簡単〜‼」

リック料理長に怒られない日はないリリアンだった。

「「「……何で」」」

リリアンだけには負ける訳がないと思っていた皆は、彼女の器用さに驚愕《きょうがく》し嘆く……より悔しさと怒りが込み上げてきた。

「「「おかしい‼」」」

自分にも出来るハズ、そう皆が気合を入れ直した瞬間——今度は時を止める事態となった。

リリアンが、その糸のような大根をまとめて、こう口にしたからだ。

「アハハ！　料理長の白髪《しらが》みたい〜‼」と。

皆は目を見開いたまま、止まっていた。

お前はなんてことを言うのだと。

そんな皆の心情など知る由もないリリアンはケラケラと一人楽しそうに笑っていた。

「何が楽しいんだ、リリアン？」

確かに最近白髪が増えてきた気はしていたが、それはお前のせいではないのかと、リック料理長は青筋を立てていた。

リリアンが何かやらかすのではと不安で神経をすり減らすのだ。その元凶が、一体何を作って笑っているのだと、リック料理長だけでなく皆がリリアンを見ていた。

だが、本人《リリアン》は何のそのである。

空気も読めない上に、メンタルは鋼。皆の視線など気にもしていなかった。

それどころか、その千切り大根を、近くにあったジャガイモの上にのせ、また笑ったのだ。

「アハハ。髪が長くなっちゃった」

そこまでなら、〝まだ〟良かった。

だが、次の言葉が良くなかった。

「これじゃあ、白髪になったラナさんだ〜！」

余計な一言とはこの事だと、後の皆は語る。

いないと思って口にすると、何故か本人がいたりするもの。

これがリック料理長だけだったら、ゲンコツ一つで済んだかもしれない。だが、運が悪かった。

いや、自業自得だ。


皆の知らぬ間に、そこには食堂の片付けをしに来たラナ女官長がいたのであった。

「私がどうしたのかしら？」

そうにっこりと笑うラナ女官長の眼《め》は、一ミリも笑っていなかった。

「あ～忙しい忙しい‼」

本来なら、二人の間に入って仲裁しなければいけないのかもしれない。しかしリック料理長は、リリアンとラナ女官長の仲よりも、自分の今後の方が大事だった。

「ラナさんも、いずれはおばあちゃんになるんだよ？」

謝ればいいのに、リリアンはその白髪……大根の載ったじゃがいもをラナ女官長に見せるのだから、皆の身体《からだ》の方が冷えていた。

空気を読まないにもほどがあると、皆はその二人から、更に数歩離れていった。

とばっちりはゴメンである。

空気の読める皆は、さすがに夫であるリック料理長にどうにかしてとは言えないのであった。

——その後、リリアンの姿が小一時間消えたのは言うまでもなかった。

あとがき

皆々様の応援のおかげで、八巻目を迎える事が出来ました。

感謝しております。作者の神山《かみやま》です。


前巻の最後の方で、莉奈《りな》はとうとう竜に乗りました。

正直、書きながら、うらやましいなと思っていた神山でした。

異世界でなければ絶対に体験できない事ですからね。乗り心地が良いかは別として……。

まあ、乗せてもらっておいて、乗り心地に文句は言えない気もしますけど、鷲掴《わしづか》みだけは絶っ対に嫌です。

掴《つか》まれて空を飛ぶなんて恐怖なんてものではないと思いますしね。

これからも竜に乗ったり、料理を作ったりする莉奈を見守っていただければありがたいなと思います。


本書を手に取って下さった皆々様、ありがとうございます。

そして本書に色を添えて下さるたらんぼマン先生、いつも支えてくださる担当様、制作に力を注いでくださる皆々様、感謝いたします。

カドカワBOOKS

聖女《せいじょ》じゃなかったので、王宮《おうきゅう》でのんびりご飯《はん》を作《つく》ることにしました 8

2023年1月10日　初版発行

著者／神山《かみやま》りお

発行者／山下直久

発行／株式会社KADOKAWA

〒102-8177
東京都千代田区富士見2-13-3
電話／0570-002-301（ナビダイヤル）

編集／カドカワBOOKS編集部

印刷所／暁印刷

製本所／本間製本

●お問い合わせ
https://www.kadokawa.co.jp/（「お問い合わせ」へお進みください）
※内容によっては、お答えできない場合があります。
※サポートは日本国内のみとさせていただきます。
※Japanese text only

Printed in Japan
ISBN 978-4-04-074815-3 C0093

新文芸宣言

かつて「知」と「美」は特権階級の所有物でした。

15世紀、グーテンベルクが発明した活版印刷技術は、特権階級から「知」と「美」を解放し、ルネサンスや宗教改革を導きました。市民革命や産業革命も、大衆に「知」と「美」が広まらなければ起こりえませんでした。人間は、本を読むことにより、自由と平等を獲得していったのです。

21世紀、インターネット技術により、第二の「知」と「美」の解放が起こりました。一部の選ばれた才能を持つ者だけが文章や絵、映像を発表できる時代は終わり、誰もがネット上で自己表現を出来る時代がやってきました。

UGC（ユーザージェネレイテッドコンテンツ）の波は、今世界を席巻しています。UGCから生まれた小説は、一般大衆からの批評を取り込みながら内容を充実させて行きます。受け手と送り手の情報の交換によって、UGCは量的な評価を獲得し、爆発的にその数を増やしているのです。

こうしたUGCから生まれた小説群を、私たちは「新文芸」と名付けました。

新文芸は、インターネットによる新しい「知」と「美」の形です。

2015年10月10日
井上伸一郎